噬血狂襲

STRIKE THE BLOOD

19 無盡夜宴

三雲岳斗
illustration マニャ子

Kadokawa Fantastic Novels

序章

Intro

夜裡，她在充斥屍臭的地下通道舉著銀色大劍。

穿深藍色成套裙裝的年輕女子，容貌古樸秀麗，體型勻稱。彷彿從時尚雜誌走出來的她姿色很是吸引人。

但她的肌膚沾滿了汗水與泥巴，剪齊的瀏海也亂成一片。

套裝胸口的料子嚴重裂開，外露的左肩被湧出的鮮血濡濕。

看似被龐大外力扯碎的無數殘骸散落在她身邊。

馬達、電子裝置、裝甲、機槍、榴彈砲——毀壞的有腳戰車(Robot Tank)零件。

數不清的傷患倒在地上，與那些殘骸錯落交疊。

他們是紘神島特區警備隊(Island Guard)自豪的攻魔師部隊精銳。

地點在基石之門第一層，亦即位於紘神島中樞的巨大建築內部。

過了深夜零點，通道上並無尋常人的身影。

她的目光狠狠瞪去的方向有不速之客——入侵者們。

戴著樣似魔獸頭骨的詭異面具，身穿純白大袍的三人組。

他們摧毀了超過二十輛有腳戰車，讓眾多攻魔師負傷。然而，他們的大袍卻連一道傷痕也沒留下。

受了傷的她正隻身與這樣的入侵者們對峙。

不容有半點鬆懈的緊繃空氣，高張的殺意。

殘存的少數武裝警備員屏住呼吸，望著那幅光景。

她調適紊亂的呼吸，靜靜地唱誦了禱詞。

銀色大劍的劍鋒朝走在前頭的入侵者面具指去。

她的身影如蜃景般無聲無息地搖曳。

疾奔，隨即縱身躍起。憑咒力強化的肉體以超越人類極限的速度衝刺，並且將大劍橫向一劈。

可是，她的斬擊沒有觸及入侵者的身軀。

撕肉斷骨的刺耳衝擊聲方落，飛出去的反而是她。

她連慘叫都發不出來，重重地撞在牆上，濺出了鮮血，變得一動也不動。

穿白色大袍的那些入侵者甚至沒有對倒在血泊中的她瞥過一眼，冷漠態度好似只是將煩人的飛蟲拍掉。

「怎麼會……這太荒謬了……」

「獅子王機關的劍巫……這麼輕易就敗了嗎……」

難以盡掩的動搖在目睹那一幕的武裝警備員之間蔓延開來。

聲稱專精對付魔族的頂級攻魔師竟然會無從招架地輸得一面倒——如此的事實，重挫了他們的精神。入侵者與他們之間令人絕望的實力差距顯而易見地攤在眼前。

「…………」

入侵者們無視完全喪失戰意的特區警備隊，朝通道深處走去。

聘來當作最高戰力的劍巫敗陣，如今已無人能攔住他們的腳步。

在場所有人都這麼想的瞬間，世界被寂靜支配了。

「……！」

入侵者們察覺狀況有異，抬起了用面具罩著的臉。

下個瞬間，彷彿遭到看不見的鐵鎚痛毆，他們全飛了出去。

同時，聲音回歸世界。

連理應緊盯著入侵者的那些武裝警備員都不明白發生了什麼。他們意識的連續性中斷，宛如電影看到一半掉幀的不快感；彷彿不應存在的空檔被人硬是穿插進來的異樣感。

「——沒有趕上嗎？」

被喧嚷聲籠罩的地下通道傳來沉痛的細語。

聲音的主人是個身穿奇特服裝的年輕女孩，珠光寶氣地鑲了金箔及寶石的巫女裝束，恐非戰場上適合的裝扮，卻與她身上的肅穆氣息不可思議地相襯。哀嘆地緊咬嘴唇的她將目光朝向想擋下入侵者而身負瀕死重傷的劍巫部下。

「這種攻擊……是獅子王機關的『三聖』……閑古詠嗎……」

入侵者之一用隔著面具的模糊嗓音嘀咕。是感覺有些愉悅的說話聲。

無數閃光毫無前兆地飛來，纏在他們幾個的全身上下。

閃光的真面目是冰冷的金屬鎖鏈——從虛空射出的細細銀鏈。

穿著豪華禮服的嬌貴身影令空間如漣漪般起伏生波後，現身於入侵者眼前。是稚氣容貌標緻如人偶的魔女。

「他們就是報告中提到的入侵者？居然敢明目張膽地從大門口來基石之門找碴。人工島管理公社還真是讓人看扁了。」

南宮那月不悅似的歪著嘴拋下一句不客氣的話。她那帶有魔力的銀鏈已將入侵者五花大綁，完全封住了他們的行動。

「亞絲塔露蒂，狀況如何？」

那月朝隨侍於身後的少女問道。那是個藍色頭髮的人工生命體（Homunculus），身上還穿著背後莫名其

妙地鏤空了一大片的女僕裝。

「報告(Report)。基石之門第二層的D入口分隔牆破損。防衛系統沉默。特區警備隊攻魔中隊的耗損率百分之六十四。入侵者總數三。魔導罪犯資料庫中查無吻合人物。襲擊目的不明。」

叫亞絲塔露蒂的人工生命體少女用淡然語氣回答。

「實力足以輕易擊潰特區警備隊，卻連身分和目的都不明的入侵者嗎？」

那月困惑似的蹙眉了。入侵者查不出來的底細讓她感到意外。

透過整頓情報網路與魔族研究的發展，魔導罪犯的資料如今已能在彈指間分享到全世界。構不成多大威脅的小角色也就罷了，實力足以打倒劍巫的強手照理說不可能無人知曉其存在。倘若有例外，應該也只有遭人封印長達數世紀的「焰光夜伯(Kaleido Blood)」奧蘿菈系列，或者像曉古城這樣由凡人變成後天性吸血鬼的特殊案例。

「也罷。逮住以後再慢慢查清就行了。」

「……不，看來他們並非那麼簡單的對手。」

「什麼？」

那月納悶地回頭望向用嚴肅語氣相告的古詠。

說時遲那時快，地下通道發出金屬的沉沉聲響。原本封鎖入侵者行動的銀鏈失去光彩，像糖雕一樣脆弱地碎散了。

「居然……切斷了由眾神鍛造的『規戒之鎖（Læðingr）』？」

那月的聲音流露出訝異之色。她當成武器操控的銀鏈是稱為「天部」的遠古超人類遺產，為捕捉神話怪物而造出的強效魔具。除非用同等或更強的魔具對付，否則無法輕易將其破壞，更遑論用蠻力扯斷，即使是獸人也不可能靠化為神獸的膂力辦到。

入侵者們取回自由的模樣使得特區警備隊的眾隊員表情緊繃。那月回過頭朝他們喊道：

「帶還有一口氣的傷患撤離！剩下的由我和亞絲塔露蒂收拾！」

「可、可是……！」

疑為小隊長的人物看似糾結地發出變調的嗓音。

他何嘗不明白即使自己這些人留下來，也只會成為包袱。

話雖如此，他也無法斷然丟下那月她們直接逃跑。因為做出那種行為，也就等於辜負了殉職而死的眾多伙伴。

「別擔心，我會將功勞讓給你們。畢竟今天的我並沒有輪班……還是說，你不放心把事情交給我？」

「哪、哪的話……」

那月對小隊長投以微笑，小隊長就怕了似的帶著蒼白的臉色搖頭。

對特區警備隊的隊員們來說，別號「魔族殺手」的「空隙魔女」是敬畏與恐懼的對象。

違逆那月的命令而觸怒她，某方面而言可是比對付那些入侵者還要恐怖。

小隊長恭敬地對那月行舉手禮，其他隊員也跟著效法。他們也有察覺到那月表現得冷漠就是為了將自己這些人趕離戰場。

「……祝克敵制勝。」

「會否介意有我作陪？」

古詠目送隊員開始撤離，用正經的語氣問道。

「隨妳高興。」

那月不領情似的冷冷回答。

要特區警備隊去避難是因為敵人身分不明。就怕入侵者發動大規模攻擊時，會波及特區警備隊的那些隊員。

但古詠在這方面便用不著擔心。

她應該能自力應付，何況那月本來就沒有道理為她操心。對那月這些國家攻魔官來說，獅子王機關是同樣負責對付魔導罪犯的生意對手。

「對於襲擊的目的，妳怎麼看？」

古詠望著悠然起身的入侵者們，用冷靜的語氣發問。

「用這種醒目的作戰方式……正常來想大概是為了聲東擊西，但這些入侵者……」

「是的，他們強過頭了。」

古詠對那月嘀咕的內容淡然表示同意。

「以基石之門的情況來講，聲東擊西根本沒有意義。畢竟主要的區塊幾乎都位於海面下，入侵途徑有限。」

「想抄最短距離前往目的地……為此才正面來犯嗎？不過事到如今，襲擊基石之門有何價值可言？」

那月露骨地用不高興的態度自問。

基石之門曾經保管過聖髑，其名為「賢者的右臂」。要實現近似奇蹟的大規模魔法，必須有如此強效的觸媒。但是那在日前才物歸原主，送回洛坦陵奇亞王國，已經不在這裡了。基石之門並未留下值得讓人發動襲擊強搶的物品。

「既然如此，目的在於暗殺重要人士或恐攻……再不然就是宣戰了。」

那月粗魯地咂嘴。

對於主張人類與魔族應共存的聖域條約以及作為條約象徵的「魔族特區」，有不少人懷恨在心。絃神島身為遠東唯一的「魔族特區」，往往會成為那些人的攻擊對象。

因此，即使入侵者們是來自那些手段激烈的恐怖分子集團，也沒什麼好大驚小怪。

問題是他們為什麼會選擇「這個時間點」採取行動。

「第四真祖不在到底有影響吧。」

古詠以沒有感情的嗓音點破。

此刻的絃神島若有什麼特別之處，那就是身為世界最強吸血鬼的「第四真祖」曉古城並不在島上。

因為他利用黃金週假期，前往北歐的阿爾迪基亞王國了。

該事當屬機密情資，卻早已被眾多人知曉。那是古城在當地捲入國家規模的陰謀，還引發了讓一整艘空中戰艦沉沒的風波所致。

「不惜放棄休假留下來待命，看來並沒有白費。」

「是啊。」

那月意興闌珊地隨口說道，古詠也語帶嘆息地微笑。

躲在絃神島的魔導罪犯會趁第四真祖離開時出來作亂是可想而知的事。正因如此，獅子王機關才將寶貴的劍巫派來基石之門當護衛，古詠本身也成了待命的預備戰力。

「光是第四真祖不在就被小看，也很令人不愉快呢。何況還有部下被傷的帳要算——」

古詠將具有攻擊性的目光朝向入侵者。

入侵者似乎對她的殺氣起了反應，便擺出架勢。

但是，古詠的攻擊已經結束了。世界被短瞬的寂靜籠罩，等到聲音再度回歸時，入侵者之一便已趴倒在地。

入侵者披著白色大袍的身軀被柔韌如鞭的無數薄刃貫穿。

薄刃的真面目，是古詠手中突然出現的銀色大劍——她的劍巫部下在被打倒前一直使用的武器。那柄大劍的劍身像水銀一樣融解並改換形體，變成了長達十幾公尺的利刃，將入侵者釘在地面。

「咒術反應金屬刃——獅子王機關的新型兵器嗎？」

「對手有能耐擊斃我方的劍巫，應該是不用手下留情。」

古詠手握被命名為十三式斬魔大劍（Heidenroslein）的銀色武神具，冷冷地宣告。那是由獅子王機關所研發，甚至可用以令吸血鬼真祖無力化，卻因太不人道而被封印至今的禁忌武器。古詠毫不猶豫地用上這強力的武神具，可見劍巫部下被傷讓她多憤怒。但——

「咯……咯……咯咯……」

被刺穿的入侵者——從外型仿效蜥蜴頭骨的面具底下冒出聲音。

令人不快的嘲笑聲。被釘在地面的入侵者及其同伙正發出嘲弄的笑聲。

「挺有意思……耐人尋味的武器……不過……！」

「咦！」

古詠驚訝地睜大了眼睛。理應將入侵者釘住的十三式斬魔大劍劍刃突然迸開了。

從大袍縫隙湧出了白茫蒸氣。咒術反應金屬刃觸及蒸氣後，就像受熱的蠟一樣融化。

古詠再次祭出了「寂靜破除（Paper Noise）」——絕對先制攻擊的能力。

不應存在的時間隨著寂靜穿插而入，彷彿頁數被撕去的書，突然出現的就只有她發動攻擊的結果。

然而，結果是一樣的。即使古詠的攻擊命中入侵者，他們的肉體也沒有受到傷害，只會徒勞無功地讓融解的十三式斬魔大劍迸散而已。

「嘎……！」

而且入侵者隨意就拉近了跟古詠的距離，還掐住她細細的頸子。對方直接用單手將她舉至半空，失去劍身的十三式斬魔大劍掉到地上。

即使擁有連時間都能操控的強大能力，古詠的軀體正如外表所見，是個脆弱的少女。單純比蠻力，自然不可能對抗得了身為魔族的入侵者。

「去支援『寂靜破除者』，亞絲塔露蒂！」

「命令領受（Accept）——執行（Execute）吧，『薔薇的指尖（Rododaktylos）』。」

面對監護者（Master）的命令，人工生命體少女機警地做了回應。她將植入體內的人型人工眷獸召喚出來，並且揮拳朝抓住古詠的入侵者招呼過去。

亞絲塔露蒂的眷獸「薔薇的指尖」被賦予了能令所有物理性攻擊失效，更可反射魔力的極強大特性。無論入侵者的異常防禦力底細為何，對亞絲塔露蒂與她的眷獸都不會管用——理應是如此。

而在亞絲塔露蒂眼前，有另一道人影挺身阻擋。

面具外型仿效野牛頭骨的入侵者。他手上握著的是形狀奇特的單刀——弧度如波浪平緩，有著半透明鋒刃的彎刀。

戴野牛面具的入侵者就用那把刀劈向散發虹彩光芒的人型眷獸。

沒有任何花樣，只是隨手劈砍。

對能讓物理性攻擊失效的眷獸來說，這一刀連閃都不用閃。

然而，在半透明鋒刃揮下的瞬間，將眷獸像鎧甲一樣穿在身上的亞絲塔露蒂胸前被劃出一道細細的線，彷彿用尺畫出的紅色直線——

從那條線冒出來的，則是大量鮮血。

「——亞絲塔露蒂！」

那月臉色僵凝。

虹色眷獸的身影搖曳消滅，渾身是血的亞絲塔露蒂摔了下來。

戴野牛面具的入侵者垂下染有鮮血的彎刀，低頭望著倒下的亞絲塔露蒂。戴蜥蜴面具的魔族仍緊緊勒住已失去意識的古詠。

「嘖……」

那月身邊的空間搖晃。她射出武器銀鏈，打算再次綑綁那些入侵者。

不過，這波攻擊並未發動。一回神，某種黏滑發亮的繩狀物體就纏住了那月的手腳。

那是被濃密的黏液狀魔力圍繞著的觸手。

第三名入侵者從大袍底下吐出了無數黑色觸手，將那月全身捆了起來。那股魔力干涉到那月的魔法，以防她動用空間操控能力。

「逮到妳了……『空隙魔女』。」

入侵者從外型仿效人類頭骨的面具底下發出模糊笑聲。

從大袍底下吐出的觸手質量遠遠超出了入侵者本身的體積。黑色觸手似乎跟那月的銀鏈一樣，都是從異空間召喚而來。

「空間操控能力……竟比我的『輪環王（Rheingold）』更強……你是什麼人……？」

嬌弱的肉體遭受拉扯，那月仍用冷靜的語氣發問。

「我等乃末日教團（Order The End）。」

從人類頭骨面具底下傳出了自豪的說話聲。那月全身被無數觸手吞沒，無法得知她有沒有聽見那道聲音。

「自古便侍奉真正第四真祖之人——」

黑色觸手被吸入純白大袍之中，跟出現的時候一樣突然消失了。

被觸手綁住的那月亦完全消失蹤影。

某處傳來宛如將沉重行李扔下的潮濕聲音。那是戴蜥蜴面具的入侵者像丟棄物品一樣，將失去意識的閑古詠扔開所發出的聲音。

拿彎刀的入侵者並未確認同伴有何戰果就消失在地下通道的深處。另外兩名入侵者也邁步跟到同伴後頭。

「南宮教官（Master）……」

為了追趕被帶走的那月，身負重傷的人工生命體少女有意站起來。不過，她在途中就力竭似的踉蹌倒地。她本身所流的血冷冷地沾濕了全身。

「教……官……」

亞絲塔露蒂的細語在地下通道引起微弱迴響，而後消逝。

不久，她的意識也同樣陷於昏黑之中。

第一章 領主選鬥

Electoral War

1

曉古城感到困惑。

高度約三萬三千英尺，巡航速度時速一千公里——從北歐阿爾迪基亞王國飛往絃神島的長程私人噴射機上。這是拉·芙莉亞·立赫班公主為了古城這幾位救國英雄所準備的驚喜專機。

機內有幾乎會誤認成餐廳的用餐室、寬敞床鋪與淋浴間，甚至連多媒體劇院都一應俱全。古城坐在劇院的真皮沙發上，剛從睡眠中醒來。他陪著害怕搭飛機——儘管當事人矢口否認——而睡不著的姬柊雪菜，在觀賞拍給兒童看的動物喜劇電影時睡著了。

而雪菜則是在古城旁邊悄悄地發出鼾聲。

精確來說，與其說旁邊，不如說他們在同一個空間。

雪菜彷彿差點溺水的遇難者緊抓救生員那樣，手臂勾著古城的手臂，就這麼睡著了。那模樣好似怕生的貓寄託在別人家，便抱著留有飼主氣味的毛毯想求個安心。

如果光是這樣，倒也可以稱作溫馨的一幕。

然而手臂與手臂勾在一起，就代表雪菜全身上下有好幾處都貼著古城。而且與雪菜本身的無自覺正好相反，她相當美型。

雪菜的身材光看就覺得苗條而嬌貴，頂在古城上臂的胸脯卻格外柔軟，從她柔順流瀉的髮絲散發出難以言喻的芳香。長長的睫毛；淡紅嘴唇；毫無防備地露出來的細細頸子；還有白皙肌膚透出來的青色血管——

盯著這些的古城差點看得忘我，就連忙轉開目光。

古城心想先設法處理跟雪菜黏在一起的狀況，雪菜的手臂卻牢牢地扣著不放。一個弄不好，似乎會讓古城的肩膀及肘關節脫臼。看來雪菜在無意識間對古城的手臂用了擒拿術。

縱使患有飛機恐懼症，她就這麼想巴著自己嗎——古城內心感到傻眼，一邊留意著不要將雪菜吵醒，費盡苦心想設法掙脫她的手臂。

結果古城搞到把臉和雪菜的臉湊在一塊，就在此時——

「你在做什麼？」

從背後傳來的冷冷說話聲讓古城嚇得停住動作。

古城回首，正低頭看著他的是打扮較為時髦，頭髮也亮麗有型的女同學。

「……原來是妳喔，淺蔥。別嚇我啦。」

「什麼口氣嘛，難道我搭話會壞了你的好事？」

藍羽淺蔥瞇著眼瞪向鬆了口氣的古城，並一臉不悅地鼓起腮幫子。

「才不是那樣。我只是手臂動不了，覺得頭痛而已。」

「哦～～……所以說，你一直讓那個女生枕著你的臂膀，手臂就麻掉了。」

「是要怎麼看才會把她這招擒拿術當成枕著臂膀啦。不跟妳扯這些了，幫幫忙，這樣下去我動不了。」

關節被鎖得死死的，讓古城痛得含著一絲眼淚求救。

淺蔥聳聳肩，不情願地開始幫古城掙脫。她望著雪菜睡得毫無防備的臉龐，然後有些羨慕地嘆息。

「雖然說任誰大概都會有一兩項弱點，但誇張到她這種地步，與其當成心機重，還不如說是天分。身手那麼厲害，居然會怕搭飛機……」

「她本人可是堅決否認有在害怕。」

古城終於從擒拿術獲得解脫，就伸展著痠痛發麻的手臂露出苦笑。

雪菜是獅子王機關的劍巫，不能對他人示弱，因為擔任第四真祖的監視者，那將構成明確的缺陷。所以即使一拆就穿，她也絕不會承認自己害怕搭飛機。古城就是明白這一點才有心無心地裝作沒發現。

「唉，不管怎樣，她似乎好不容易才睡著，就讓她靜靜地休息一會兒吧。」

「可以是可以，不過飛機快降落嘍。差不多再三十分鐘。」

淺蔥朝手腕上的錶瞥了一眼。

古城望向窗口，外頭卻只有整片群青色夜空，不太能看出時間的流逝。這架專機預定會在黎明前飛抵絃神島。

「比想像中還快抵達耶。」

「搭起來舒適才會這樣覺得啊。你要感謝公主大人才行。」

「我倒覺得有這點福利是理所當然。」

古城環顧豪華的私人噴射機內，無精打采地嘀咕起來。

滯留於阿爾迪基亞王國的那段期間，古城形同被拉．芙莉亞利用，成了她的未婚夫，還險些喪命於她父親劍下，連帶又捲入了國際間的陰謀，被迫跟恐怖分子一戰。因此，就算稍微享有禮遇，他也覺得應該不至於遭天譴。

「算啦。所以說……出了什麼狀況嗎？」

古城擺出認真的表情問淺蔥。她會找古城講話，肯定也不是只為了幫助古城掙脫雪菜的擒拿術。

「哎，有一點。」

淺蔥含糊地點了頭。感覺不甚乾脆的反應。

「這架飛機不愧是高級私人噴射機，連網路都有得用，可是從稍早之前，我就沒辦法跟摩怪取得聯繫了。」

「摩怪？啊，那傢伙嗎……長得像隻醜布偶的那個……」

古城想起跟淺蔥搭檔的人工智慧化身（Avatar）是何模樣。造型即使客套也稱不上好看，但據說它其實是相當高性能的自律知性體（Agent）。

然而古城的反應卻讓淺蔥像是難以置信地睜大眼睛說：

「哪裡醜了！它很可愛吧！」

「咦？沒有啦，妳覺得可愛就好……那傢伙怎麼了嗎？」

「我說過了，即使呼叫也沒有回應。不只摩怪，好像整座絃神島都發生了網路連線障礙，起碼我們跟人工島管理公社總部的通訊是已經完全斷絕了。」

「通訊斷絕……？」

古城困惑地反問。對於狀況有多嚴重，他不是很有頭緒。

「出問題的好像不只電腦網路。」

古城他們從機上劇院移動到其他客艙之後，矢瀨基樹便從旁加入對話。他坐在調成斜躺的座椅，手裡握著厚重的攜帶式通訊裝置。

「衛星電話還有矢瀨家（我家）的專用通訊迴路也都接不通，表示這並不是通訊海纜斷線之類的單純障礙。多虧如此，我完全不知道紘神島出了什麼事。」

「……總不會是朱蘭巴拉達造成的吧？」

儘管沒什麼根據，古城卻有了強烈的不祥預感而發出低吟。

「你是指，之前說要到紘神島的那位第一真祖？」

淺蔥也皺了眉頭。

從阿爾迪基亞王國出發的前一刻，古城在機場遇見了自稱齊伊．朱蘭巴拉達的男子。古城等人隨後便發現，早一步前往紘神島的他真實身分就是「遺忘戰王(Lost Warlord)」——第一真祖。

他身為不老不死的吸血鬼，對漫長人生已感厭倦，即使會一時興起就在紘神島作亂也絲毫不讓人意外。第一真祖的心腹裘瑞修．亞拉道爾也給了古城忠告：千萬別讓那一位感到乏味，還說否則朱蘭巴拉達會做出什麼事就難講了。

然而矢瀨好似要抹去古城的不安，冷靜地搖搖頭。

「說起來那似乎最有可能，但是以時間點來想不太搭。我查了一下，紘神島的通訊障礙似乎在我們從阿爾迪基亞出發前就發生了。」

「這樣啊……那麼，事情跟朱蘭巴拉達無關嘍？」

「是不是完全無關倒讓人存疑就是了，畢竟我們也不曉得第一真祖為什麼要千里迢迢到紘神島。」

「不過，至少這表示通訊障礙發生的原因跟第一真祖並沒有關係呢。」

淺蔥幾乎像在自我說服一樣提出樂觀意見。

從古城的觀點亦無異議，但就算這樣，問題根本沒有解決。與絃神島無法取得聯繫的原因，至今依舊不明。

「總覺得，之前好像也發生過類似的狀況……」

古城盯著昏暗的窗口，低聲發出咕噥。

在他腦海裡浮現了大約三個月前的「深淵薔薇事件」。魔導恐攻集團深淵之陷動用八卦陣，導致絃神島與外部物流斷絕的事件。

儘管兩者的差異在於受妨礙的是船舶飛機的往來或網路通訊，然而以絃神島受孤立的意義來講，目前的狀況與當時十分類似。

深淵之陷的目的是要藉著孤立絃神島引發島民不安。

是以他們做足了準備，就為完成名叫「深淵薔薇」的破壞性魔法儀式。既然如此，這次的通訊障礙不就預警了會有更重大的事件發生嗎——

而古城的那些想像被突然趕來機艙的雪菜出聲蓋過了。

「學長！曉學長！」

「……姬、姬柊？」

古城回頭看見雪菜驚慌無比的模樣，就覺得有些不耐煩。他以為雪菜是因為睡著時被留在機上的影音劇院，才氣得追了過來。

而雪菜硬是拉了古城的胳臂說：

「學長，請立刻跟我來一趟！」

「啊～～……冷靜點，姬柊。妳不必那麼擔心，飛機不會簡簡單單就墜落啦。」

「對對對。畢竟機體是公認安全度高的人氣機型，據說駕駛員也是從阿爾迪基亞空軍精挑細選出來的。」

為了盡量讓雪菜放心，古城和淺蔥各自試著安撫她。

可是，雪菜卻著急似的瞪著古城說：

「不是那種問題！凪沙她——」

「凪沙怎麼了！」

妹妹的名字一出現，古城的表情就瞬間收斂了。對於古城急巴巴地反問雪菜的模樣，矢瀨和淺蔥都一臉傻眼地望著他，彷彿想說：戀妹控。

「這邊！」

雪菜拉著古城的手，到了設置在機體後方的主臥室。穿便服的曉凪沙坐在寬闊的雙人床邊，叶瀨夏音擔心似的陪在她身旁。她們倆直到前一刻都在這間臥室熟睡著才對。

然而一走進臥室，古城就發現有強烈的窒息感迎面撲來。

令他窒息的原因，是充斥於臥室的清冽靈氣。凪沙散發的強大靈氣，對古城身為吸血鬼的肉體造成了超乎意料的負擔。

「古城哥……」

凪沙察覺古城進了房間便發出微弱的聲音。古城無視靈氣帶來的痛楚，湊到妹妹身邊。

「凪沙？出了什麼事？」

「古城哥……我好怕，古城哥……」

凪沙全身發抖，還將身子朝古城靠了過來。凪沙並不是為了傷害古城而釋出靈氣，她本身已經無法順利駕馭自己的靈氣了。

「妳感覺到什麼了嗎？像以前那樣……」

古城朝著在自己臂彎中發抖的凪沙伸出手，輕輕摸了摸她的頭髮。凪沙無力而含糊地搖頭說：

「我不曉得。可是，在絃神島……有好多……恐怖的負面情緒在打轉……殺意……瘋狂……簡直像發生了戰爭一樣……」

「妳說……在絃神島有戰爭？」

凪沙那神諭般的話語讓古城心生動搖。可以感覺到她似乎說中了絃神島發生通訊障礙的原因。「第一真祖」齊伊．朱蘭巴拉達前往絃神島的理由，倘若是因為他嗅到了戰爭的味道，也就足以令人信服。

「不行……古城哥……要是你回到絃神島……」

凪沙用力揪住古城的領口。瞬時間，幾乎跟之前不能比的膨大靈氣從她全身不分目標地釋放出來了。

凪沙本身的恐懼心成了導火線，使她的靈力失控了。古城無法將那股爆發性的靈力完全抵消，只好腳步不穩地退後。靈氣強大得若換作尋常魔族，光是待在現場就難保不會昏迷。

儘管對普通人並無直接害處，要是靈氣就這樣一直洶湧釋出，凪沙的肉體會承受不了，因為靈氣的來源就是她本身的生命力。

「這樣不行……！」

「凪沙！」

雪菜和夏音從兩旁抱住凪沙，想阻止靈力失控。

曾經只差一步就化為天使的雪菜和夏音，以人類來講具有最高階的靈力，駕馭靈力自然也是她們的長項。

而她們倆合力設下結界以後，似乎勉強抑制了凪沙失控的狀態。凪沙力竭似的失去意識，倒到床上。淺蔥見狀便安心地捂了胸口，矢瀨乏力地坐到地上。

夏音擔心地望著凪沙入睡的臉龐。

至於雪菜，則是用認真的眼神望向古城。

「學長，你剛才說……」

「是、是啦……凪沙原本就有滿強的靈媒體質，以前她還會定期到我奶奶那裡修練。雖然在搞壞身體以後也就沒有靈視跟預知帶來的那些麻煩事了……」

古城痛苦地一邊咳嗽一邊說。由於有靈力的殘滓留在體內，他的呼吸仍有些紊亂，感受好比被人撈上岸的魚。

「絃神島上發生了可以跟戰爭比擬的異常事態嗎……」

矢瀨露出凝重的表情沉思。目睹凪沙釋出如此強大的靈氣，很難將她的靈視當成心理作用簡單帶過，更不用說他們早就確認絃神島有通訊障礙的問題。然而——

「假設凪沙的靈視正確無誤，我們也不能不回去啊……」

淺蔥態度爽快地笑了笑。

沒有人對她說的話提出異議。在場所有人都有重視的家人及朋友留在絃神島，即使只是被派到絃神島執行任務的雪菜也一樣。

「不管怎樣，先做好心理準備似乎比較妥當。無論發生任何事態，都要能因應——」

雪菜用正如模範生的認真口吻說。從隻字片語間感受得到她在督促本職是攻魔師的自己要振作，那就像責任感一樣。

然而話一說完，餘韻還沒有散去，私人噴射機就遭受到「轟隆」的沉沉衝擊。彷彿小船被暴風雨玩弄那般，機體大幅傾斜，雪菜忍不住尖叫出來。

「呀啊啊啊啊！」

「怎、怎麼回事！」

古城將跌倒的雪菜接到懷裡，並且望向窗外。有一瞬間，他似乎在漆黑夜空中看見了翼尖舷燈的紅光。

「請問各位有沒有受傷……！」

身穿阿爾迪基亞空軍制服的女軍官急忙趕來機艙。她是被派來在這趟飛行中隨行照料古城等人的年輕少尉。

「我是來轉達機長的話。有偏離航道的民航機接近本機，造成虛驚一場，目前已經緊急避開了。」

「虛、虛驚一場……？」

雪菜聲音發抖而結巴地反問。飛機之間差點擦撞的事實幾乎讓她哭了出來。

是的——女軍官正色予以肯定：

「目前，機上跟絃神島中央機場航管室斷了聯絡，原因恐怕就出在那裡。」

「妳說跟機場航管室聯絡不上……那不就糟了嗎……」

這次的報告就連古城都聽得臉色發白。如果古城記得沒錯，機場航管室應該是負責核准飛機起落、監視機場上空、進行交通管制以避免發生事故的設施。

而在與航管室失去聯絡的狀態下，想必無法平安降落。假如降落時有其他機體停在跑道上，難保不會相撞而釀成重大慘劇。

「請各位放心。本機更改了飛航計畫，預定會以目視飛行（VFR）降落在絃神島南區的沿岸警備隊（Coast Guard）航空基地。」

「利用沿岸警備隊的基地跑道嗎……」

「無領航訊號的目視飛行……簡單說就是手動駕駛對不對？」

矢瀨與淺蔥以難掩不安的口氣喃喃細語。這樣無法放心啦——古城則是仰天感嘆。

「妳還好吧，姬柊？」

古城忽然對僵住的雪菜感到在意，就探頭看了她的臉龐。

「是的……我沒問題……我不要緊的……我不要緊……」

雪菜用空洞的眼神望著牆壁，像壞掉的人偶一樣在口中重複相同台詞。

2

沿岸警備隊和特區警備隊一樣，屬於人工島管理公社的外部機關。以維護絃神島四周海域的安全與治安為任務，算是半官半民的準軍事組織。

海難救助及船舶交通管制；取締走私船隻和偷渡者；乃至以魔法進行海洋調查；保護與驅逐海棲魔獸，其任務範圍相當廣泛。它是在背後保障海上都市絃神島安全的重要組織。

與重要性呈對比，在預算方面卻很難說是充裕。尤其是沿岸警備隊的航空基地，屬於和絃神島海岸相連的小型增設人工島（Sub Float），可稱作基地設施的就只有一條狹窄跑道。基地建築為兩層樓的木造組合屋，周圍連路燈都零零星星。

「我第一次來耶，這地方還真誇張。」

淺蔥走下該航空基地的跑道後，便用感觸萬千的口氣道出感想。

「因為這是供海難救助艇與巡邏機專用的起降基地。哎，多虧如此，即使在這種狀況也照樣能起飛降落……雖然四周鳥不生蛋就是了。」

矢瀨一邊走下私人噴射機的舷梯，一邊語帶苦笑地環顧周圍。

無視古城等人在著陸前的緊張情緒，阿爾迪基亞王國的私人噴射機輕易地飛抵絃神島了。不愧是出身空軍的高竿飛行員，哪怕跑道又窄又破，哪怕大半夜要在無航管協助的環境下手動降落，似乎也完全不成問題。

話雖如此，最新銳的高級私人噴射機停到有如廢墟的基地仍是會勾起不安的異樣景象，令人不由得體會到，當下面對的是緊急事態。

「我們接著會立刻飛往日本本島。畢竟我們也有義務將這番狀況轉達給自國知道。」

領路的女軍官一邊敬禮一邊告訴古城等人。

而開口回話的，是剛好待在她身邊的凪沙。凪沙和氣地微笑著挺直背脊，然後畢恭畢敬地鞠躬行禮。

「承蒙您多方照顧，請替我們向拉・芙莉亞問好。」

「遵命。」

女軍官也跟著凪沙微笑。或許那是勉強平安達成任務才放心露出的微笑。

「凪沙，妳的身體沒事了嗎？」

古城從背後戳了戳打完招呼的凪沙，並擔心似的問。從凪沙靈力失控而失去意識，還不到三十分鐘。

然而，凪沙只是愣愣地眨了眨眼。看來靈視期間的記憶完全從她的意識脫落了。

「你是指什麼啊？要擔心的話，我覺得雪菜比我更需要擔心耶。」

「啊～～……也對啦。」

古城露出複雜的臉色表示同意。

無論由誰來看，都會認為現階段消耗得最嚴重的確實是雪菜。終於從降落時的恐懼及驚慌中獲得解脫之後，她有些魂不守舍，夏音便陪在她身旁。

「……不行耶。提供手機服務的基地台好像也統統故障了。」

淺蔥看了智慧型手機畫面，在確認過訊號狀態以後撇了撇脣。

「而且街上燈光整體看來也是暗的。」

矢瀨不悅地瞇起眼睛。

時間是凌晨三點多，離黎明剩下不到三小時。

但由於夜行性魔族人口眾多，平常絃神島在這個時段也相當明亮。尤其是屬於鬧區的人工島西區一帶，ＬＥＤ招牌以及霓虹燈標示都給人燈火通明的印象。

難以置信的是，今晚整座島卻一片靜悄悄，連公寓窗口的燈光和行駛車輛的頭燈也幾乎看不見，簡直像無人的鬼城。

「然後呢，我們接下來該怎麼辦？」

等所有人都提了行李下飛機，古城便問道。他上次正常出國旅行是讀小學時的事了，因此對瑣碎手續已經忘得一乾二淨。

「應該先過海關入境，不過碰到這種情況，我們該去哪裡受檢？不找個航空基地的辦公人員問問看，我也搞不懂哪裡是哪裡……」

淺蔥不知所措地舉了雙手表示投降。在場所有人當中，淺蔥對旅行最熟，但她的經驗在這種狀況下也實在幫不上忙。

「這麼說來，基地怎麼都沒有人出面？」

矢瀨聽完淺蔥的發言就納悶地蹙眉。

不搭調的高級私人噴射機擅自在基地內降落後，一群高中生魚貫下了飛機，待命中的武裝警備員應該要衝過來包圍古城等人才是正常的反應。

但沿岸警備隊的基地仍舊沉默，沒有半個人現身。恐怕基地內是不剩任何人的。

莫非沿岸警備隊的隊員們講好一起放棄任務，或者全軍覆沒了——無論狀況是哪一邊，肯定都是天大的麻煩。

「像這樣杵在跑道中間也不是辦法。」

「也對。走進建築物就會弄清些什麼吧。」

淺蔥對矢瀨不負責任的發言點了頭，並朝著形似組合屋倉庫的建築物邁步。

可是才走不到幾步，她隨即起了戒心停下腳步。

因為她發現從基地建築物那邊有人影緩緩朝這裡靠近。

總共約十名的一群人，平均年齡在二十歲左右，全都打扮得像過時的飛車黨，穿著破牛仔褲配皮外套，大半夜的卻戴著墨鏡。光看就覺得是品味有問題的一群人。

「古城哥……！」

最先察覺有哪裡不對勁的是凪沙。她害怕地躲到古城背後，肩膀也不安地發抖。

「那些人是……沿岸警備隊？制服的造型還真是突出……」

「哪有可能啊！」

矢瀨開了個玩笑舒緩緊張感，淺蔥便義務性地吐槽。不過他們倆應該也都明白，那些人的時尚品味並非唯一的問題。

「學長，他們……」

雪菜捧著大提琴用的樂器盒走到古城身邊。她似乎從之前的虛脫狀態勉強恢復過來了。

「看來是魔族。」

古城微微點了點頭。未受任何訓練導致古城對他人的魔力較為遲鈍，但他至少看得出對方並非普通人。

感覺尤其危險的是位於那群人中間，疑似帶頭者的男子。

個子足足比古城高了一個頭，身高看起來近兩公尺。

不過，更為醒目的是他的塊頭，體重輕鬆超過兩百公斤。體格並不像相撲選手或摔角手那樣結實，是光看就覺得不健康的肥胖體型，留得像重金屬樂手的長髮更給人悶熱的印象。

「搞什麼搞什麼，全是小鬼頭嘛。你們去了教育旅行嗎？」

留長髮的大漢望著古城等人，挑釁地笑了。

「算啦，本大爺接納你們這些小鬼頭。歡迎來到宇垣領域。」

「宇垣……領域？」

「什麼名堂？」

矢瀨和淺蔥各自提起戒心似的反問。實際上，他們根本沒聽過那個詞。多虧如此，即使對方開口歡迎，他們也不知道該怎麼反應。

瞬間，一股冷場般的沉默流過，大漢就打圓場似的急忙開始說明。

「這樣啊，既然之前待在國外，也不能怪你們不曉得。領域指的就是自治領，說得直白點，就是本大爺馬克．宇垣的領地。」

「是喔……馬克……」

古城覺得這名字不搭調，一邊隨口應了聲。看來宇垣領域的宇垣兩字似乎是長髮大漢的姓氏。

「我不太懂你在講什麼就是了，類似不良幫派之間在爭地盤嗎？」

淺蔥大方地舉起手發問。長年在「魔族特區」生活的她，養成了即使面對魔族也不會怕事的性格。

淺蔥這樣的態度與疑問似乎觸怒了那些人的神經，宇垣身邊的那些跟班都臉紅脖子粗地一塊嚷嚷起來。

「啥！」

「妳說誰是不良幫派！瞧不起宇垣大哥嗎，妳這臭女人！」

「無、無論誰來看，都會覺得你們是不良幫派吧！不管是打扮還是態度！」

淺蔥不服輸地朝那些跟班大聲吼回去。宇垣望著那一幕，莫名以高高在上的態度爽快地笑了。

「哈哈！無所謂，細節之後再說，先講要緊的部分就好。本大爺要你們都來當臣民。」

「……臣民？」

宇垣莫名其妙的要求讓古城等人困惑地面面相覷。

從宇垣那幫人的外表看來，他們要的恐怕是錢，再不然應該就是來搭訕的。然而目的既非錢又非女人就太出乎意料了，讓人覺得詭異。

「簡單來講，就是成為領域的一分子。只要願意稱臣，本大爺與這些兄弟會從其他角逐者手中保護你們。選鬥結束以後，本大爺當上領主就會讓大家都有爽日子過。」

宇垣無視困惑的古城等人，自顧自地繼續說明。可是，他講的內容仍舊莫名其妙。

「……果然是不良幫派在爭地盤嘛。」

「聽起來就是想在絃神島上當帶頭老大的調調吧……？」

淺蔥和矢瀨交頭接耳地講悄悄話，跟班們聽見那些話，又開始嚷嚷：「啥！」因此事情完全談不出進展，勉強可以理解的就只有宇垣希望古城等人都成為所謂的臣民。這幫人是為了拉攏古城等人稱臣才來到這座無人基地的。

「哎，假如你們不願意稱臣，那也無妨，反正結果就是跟本大爺為敵。即使要對付小鬼頭，我們也不會留情。」

宇垣呲牙咧嘴地像是要恫嚇古城等人。剎那間，他那原本就高大的身軀又膨脹了兩圈，膚色變成泛灰的青綠色，硬得有如鎧甲，煩人的長髮也跟著變灰。雖與獸人種的獸人化現象類似，但那副模樣與其稱為野獸，感覺上更應形容成邪惡的巨人。

「這傢伙搞啥啊？」

即使看見宇垣凶猛地變身，古城的臉色也沒有什麼改變。

雪菜同樣用沉著依舊的表情望著宇垣發飆。

「擁有變身能力的巨人族……是山怪呢。在世界上亦屬稀有魔族才對。據說他們是具備堅韌肉體和卓越痊癒力的好戰種族。」

「……就這樣嗎？」

「是啊，差不多。」

「你們還囉哩囉嗦地扯些什麼？看清楚，本大爺有這舉世無雙的神力——！」

大概是古城等人的反應比想像中薄弱，宇垣忽然氣惱地捶了眼前的路面。彷彿受到巨大鐵鎚重擊，跑道的路面凹陷了。蹲下來的宇垣腳邊開了半徑幾十公分的大洞，柏油碎片飛散四周。

宇垣的跟班們目睹這一幕，就同時舉起拳頭歡呼。

「唔喔喔喔喔喔喔！」

「不愧是宇垣大哥。」

「真是無人能敵！」

「第四真祖根本不用放在眼裡！」

「呼哈哈哈哈！這下你們懂了嗎！」

被跟班吹捧的宇垣看似痛快地挺胸。

然而他捶在地面的右手手腕部位已經扭曲變形。

有別於只是用柏油蓋住表層碎石及沙土的一般道路，飛機跑道的柏油路厚達兩公尺以上，而且底下的人工島結構體也經過補強以承受著陸時的衝擊。而他就是徒手捶在這樣的路面，會受傷也是當然的。

「呃，確實是很猛……不過，你那隻手不會痛嗎？」

古城繃著臉問了宇垣。沾滿血的中指與無名指彎到與原本關節相反的方向，光看就令人背脊發涼。

宇垣卻好像就等對方問這一句，還滿臉得意地把手舉向古城等人。

「呿，別瞧不起人！接下來你們才會體認到本大爺真正的恐怖之處！」

在宇垣鬼吼鬼叫的同時，他的全身被魔力光芒所籠罩。

光芒來自宇垣戴在左手腕的魔族登錄證。

那是證明他們以魔族身分正式登記為絃神市民的身分證，也是用於追蹤配戴者身體狀況及位置資訊的魔族監視裝置。

而魔族登錄證發動了小規模的魔法，讓宇垣的肉體活性化。宇垣受傷的右臂正速度驚人地逐漸癒合，康復速度甚至高過吸血鬼的痊癒力。

「他這是什麼魔法……？」

淺蔥的聲音似乎受了動搖而顫抖。

魔族登錄證內藏的簡易魔法迴路被利用在與原本目的不同的用途，其實並不是第一次。

那在之前也曾經被外界駭入，導致配戴者的魔力硬生生失去控制。不過，後來魔族登錄證又經過改良，此類安全性漏洞應該都去除了。處理這件事的不是別人，正是淺蔥。

目前可介入魔族登錄證的，只有人工島管理公社設於基石之門的都市管理系統。那正是淺蔥受動搖的理由。因為魔族登錄證運作出現異常，表示基石之門本身遭到了竊據。

「那是儀式魔法。透過伙伴身上的咒紋，會有魔力送入他體內。」

雪菜循著魔力的流向，分析出宇垣所用魔法的玄虛。

如她指出的，被魔力光芒籠罩的並不是只有宇垣。

圍在宇垣身邊的那些跟班皮膚上也浮現小小的魔法陣，還有魔力之絲伸向宇垣的魔族登錄證。宇垣就是利用從中吸取的魔力來提升自己的痊癒力。

「原來這就是他召集手下的理由啊。簡單來說，臣民聚集越多，他能操控的魔力也就越多。」

矢瀨有些佩服似的嘀咕。

實際上，跟格外有活力的宇垣呈對比，魔力被吸走的那些跟班都消耗甚鉅。照這樣看來，應該再怎麼聚集臣民也不夠。

反過來說，只要臣民人數充足，領主將有幾近無窮的魔力能運用，說不定還能凌駕吸血鬼真祖——

「原來如此……狀況我大致明白了。」

古城生厭似的搖頭。

不曉得是什麼人、基於何種目的，把這樣的魔法給了宇垣。但是，起碼宇垣的目的及行動原理都已經摸清了，而且很顯然地他沒有讓人同情的餘地。

簡單說，這男的是個沉溺於到手的強大力量，就只顧向人賣弄的蠢貨。連自己動用力量以後，讓那些跟班付出了代價而變得耗弱都沒發覺。

「——姬柊，麻煩妳。」

「好的。」

雪菜對古城說的話點了頭，然後緩緩上前。她打開手裡拎著的大提琴盒蓋，從中取出呈收納狀態的「雪霞狼」。各部位發出清脆聲響伸展開來以後，變成了一大把長槍——全金屬製的銀槍。

「喂喂喂，妳憑那麼一支細細的槍，就想跟本大爺打？」

宇垣豎起中指，挑釁地笑了。由具備頑強肉體與高度痊癒力的他看來，大概會覺得一兩把長槍不足以構成任何威脅，何況使槍的人還是像雪菜這樣嬌小的少女。但——

「……咦？」

雪菜將長槍一揮，宇垣頓時呆愣地睜大眼睛僵住了。

因為籠罩於他周圍的魔力光芒毫無預警地消失了。從那些跟班伸出的魔力之絲被截斷，

證明其身為臣民的魔法陣也不見了。這樣一來，無論要怎麼教訓宇垣都不會連累那些跟班。

「抱歉，宇垣，我們經過長程旅行都累了。雖然對你感到抱歉，我還是要速戰速決。」

古城凶狠地揚起脣角。深紅霧氣包圍住古城四周，逐漸轉變成凶猛的魔力，化為濃密得足以具備自我意識的魔力聚合體——

「等、等一下……那是什麼見鬼的魔力……？你到底是……」

「迅即到來，『雙角之深緋（Alnas Minium）』——！」

宇垣近似慘叫的質疑被席捲而過的狂風蓋過。

從那陣暴風之中浮現的，是搖曳如蜃景的巨大雙角獸（Bicorn）。吸血鬼畜養在自身血液裡的異界召喚獸——亦即眷獸。

古城喚來的雙角獸發出伴隨轟鳴聲的咆哮，將宇垣的那些跟班震倒，並在跑道的路面上開了大洞。宇垣揮拳造成的坑洞根本沒得比，那可是半徑超過十公尺的巨大環形凹陷。

「唉，先這樣就好。」

古城懶洋洋地嘀咕，解除了對眷獸的召喚。深緋色雙角獸消失蹤影，只留下暴風餘威。

宇垣跌倒在眷獸造成的環形凹陷邊緣，嚇得眼睛直打轉。跟班們目睹那一幕，紛紛連滾帶爬地開溜。

古城默默目送那些人離去。他們留著也只會礙事，再說照這樣看來，應該沒有人會為了替宇垣報仇而回來。

「所以說，結果剛剛提到的『選門』是怎麼一回事……？」

古城低頭看著仍倒在地上的宇垣問，當然沒有人回答他。但是——

「古城哥！你看！」

凪沙細聲發出尖叫。她望著的是島上隔了一條運河的中心地帶。

古城的眷獸不分目標地掀起暴風帶來影響，撥開了原本籠罩在跑道四周的夜霧。多虧如此，放眼望去就能將島上的狀況看得清清楚楚。

除了燈光格外稀少外，島上的狀況幾乎與古城等人出發前沒多大改變，看慣的人工島景色一如往常，只有某項在任何人眼中都相當明顯的變化是例外。

立於島嶼中心的建築物，有如將金字塔倒置的楔型摩天大廈——中心處冒出了裂痕。彷彿將巨劍插入的深深傷痕。

感覺上，簡直就像在對絃神島本身宣戰一樣。

「基石之門……被破壞了……？」

古城用沙啞的聲音勉強擠出一句話。

在那個瞬間，絃神島上的異變才明確出現於古城等人眼前。

3

馬克．宇垣是在大約過了十五分鐘後醒來的。

於沿岸警備隊遺棄的無人建築物內，他被隨便擱在地板上。那並不是要虐待他，因為建築物中的沙發及長椅尺寸都容不下他巨大的身軀。

宇垣在硬梆梆的地板上翻了身，痛得他從昏睡中恢復意識。夏音擔心似的從旁邊探頭看了他。

「呃……請問，你還好嗎？」

「還……還好啦……」

被銀髮碧眼的少女溫柔搭話，宇垣茫然眨了眨眼。他應該是覺得眼前的景象並非現實。

夏音確認過宇垣沒事，就放心地露出溫婉的微笑。那是彷彿光是如此就足以讓世界生輝的崇高微笑。

「……這裡……是天堂？」

宇垣對夏音的笑容看得入迷，一邊陶醉地吐氣。看來他以為自己早就死在古城手中，便認命地接受自己被領到了天堂。

古城便用渾身力氣彈了宇垣的額頭。

「哪有可能啊，你只是被風壓嚇昏了吧！」

「唔喔！」

額頭的疼痛使宇垣叫出聲音，還讓他露出大夢初醒般的表情。他將目光轉向古城的臉，警覺似的挺起身。

「你、你這小子……！」

「請你別動。」

撐起上半身的宇垣被銀色鋒刃指著喉嚨，那冷冷的觸感讓他「噫」地倒抽一口氣。

「這把長槍能令魔力失效化，山怪的痊癒力也發揮不了作用喔。」

雪菜舉著鋒芒外露的「雪霞狼」，面無表情地低頭對宇垣說道。雖然以天使面孔來說，這張臉蛋也不會比夏音遜色，但雪菜如今殺氣騰騰，就算一樣是天使，還是會被分類成司掌死亡的使者。

「跟你一夥的都溜了，你自豪的痊癒力能管用到什麼地步可不好說呢。」

坐在廉價辦公椅上的淺蔥蹺起腳淡然提醒。

雪菜和淺蔥會冒出殺氣，是因為她們看見了被破壞的基石之門。

既然發現紘神島處於比預料中還要大的危機，就沒空跟宇垣慢慢耗了。最壞的情況下，即使用威脅的也要從宇垣口中問出情報。

幸好宇垣似乎早就沒力氣抵抗了。近距離目睹古城的眷獸果真有效。這樣的話，似乎不用對他訴諸暴力手段。

「先讓我問你。我們不在的這段期間，紘神島出了什麼事？」

古城壓低聲音提出問題。雪菜用槍尖抵在宇垣的頸子上。

「呃，那個……即使你問出了什麼事……」

宇垣視線飄忽又吞吞吐吐，淺蔥就沉不住氣，粗魯地拍了鋼桌的頂板。

「基石之門是什麼時候遭到破壞的？誰下的手？」

「那、那是第四真祖弄的——」

「啥！」

宇垣講的話出乎意料，讓古城揚起了眉毛。

古城突然動怒，使得宇垣縮成一團——

「我沒騙你！真的啦，老大！」

「誰是你老大……！不扯那些了，你把剛才那件事說清楚！」

激動的古城一把揪住宇垣的胸口，山怪大漢被搖得腦袋前後亂甩。

「應、應該是昨天……不，前天晚上吧。基石之門受到襲擊，對方是一群自稱末日教團的人。」

「……末日教團？」

沒聽過的名稱讓古城偏過頭，雪菜也露出疑惑的表情。

「那群人戴著感覺像骸骨的詭異面具，還說他們自古便侍奉真正的第四真祖……」

宇垣畏畏縮縮地繼續說明。

「真正的第四真祖嗎……」

這段話不中聽呢——淺蔥托起腮幫子。

自稱侍奉第四真祖的神祕集團來襲，隨後基石之門就遭到了破壞。破壞基石之門的犯人會被誤認為第四真祖也是難免。

「特區警備隊在做什麼？他們應該都處於特別警戒態勢耶。」

矢瀨打斷古城他們的盤問，提出了質疑。

由於古城要暫時離開絃神島，發生魔導恐攻的可能性在事前就被點出了。當然，人工島管理公社也都制定了對策，他們加派人力給特區警備隊，還向獅子王機關討了幫手，基石之門想來是不會輕易淪陷。

然而，宇垣卻露出一副「怎麼現在還提那些人」的表情，回頭看了矢瀨說：

「聽說他們都被擺平……全軍覆沒了！」

「全軍……覆沒……？」

矢瀨眼皮顫抖，說不出話來。基石之門的防衛部隊全軍覆沒，也就表示連「空隙魔女」南宮那月、「寂靜破除者」閑古詠都敗陣了。若是知道她們的實力，這件事並無法讓人輕易取信。

「照本大爺聽到的說法，人工島管理公社的總部是被末日教團的三人組拿下，都市管理系統似乎也被占據了。要證據的話，就在這裡……」

宇垣把戴在左手腕的魔族登錄證遞了過來。手鐲型的登錄證表面有著好似將幾何圖形重重交疊的複雜圖徽浮現在上頭。

「剛才在儀式魔法中所用的咒紋？」

雪菜厲聲予以點破。宇垣害怕地點頭如搗蒜說：

「這似乎是成為領主人選的證明。所有魔族都被賦予了用這玩意兒跟臣民訂下契約的權利。說是臣民人數增加越多，領主人選的魔力也會跟著擴增──」

「然後，你就像剛才那樣強拉人入伙？」

古城傻眼似的哼聲。對不起──宇垣尷尬地垂下目光。他大概多少有所反省，用不著別人逼問，自己就嘀嘀咕咕地說了起來。

「起初我是把這當成比賽玩，搶臣民的手段卻在過程中越來越激烈，搞得像廝殺一樣。為了贏下去，就要聚集比別人多的臣民，否則只能投靠到強大的領主人選旗下。」

「當比賽？魔力像那樣被人強取，臣民根本受不了吧！普通人或缺乏體力的魔族搞不好會衰弱致死耶！」

「對方才不介意那種事吧，我是說安排出這次騷動的那些傢伙。」

淺蔥安撫焦躁的古城。

「末日教團是嗎……」

古城無意識地咬響牙關。

雖然古城不打算全面信任宇垣，但起碼他到目前為止講的似乎都是實話。魔族登錄證被駭是確認過的事，從臣民徵收魔力的場面也得以見證了，基石之門實際上更已遭到破壞。最重要的是，想來他並沒有膽量在這種情況下說謊。

「末日教團的那些人想利用你們搞什麼？」

「他們說這叫領主選鬥。」

宇垣一臉認真地回答古城單純的疑問。

「由領主人選互鬥，贏到最後將所有領域統一的人，據說可以取代第四真祖成為絃神島的新領主。」

「取代第四真祖成為領主？是誰擅自做了這樣的決定？」

古城粗裡粗氣地逼問宇垣。他本身並沒有成為絃神島領主的自覺，但是在不知情的狀況下被別人擅自安排，那可受不了。

然而從宇垣口中講出的卻是意外人物的名號。

「第、第四真祖說的。」

「啥？」

「真的啦，第四真祖那麼說過，而且還猛播宣傳影片。」

「宣傳影片？」

「是啊。懷疑的話，請你們打開電視看看，任何頻道都可以。」

宇垣指了房間角落的小型液晶螢幕。尋常無奇的家用電視。那似乎是沿岸警備隊的公物，遙控器就設在旁邊牆上。

待在牆邊的凪沙伸出手，打開電視的電源。

顯示在畫面上的是全然出乎意料的人物，體型嬌弱的俊美少年。

「！」

雪菜受了震撼似的抬起臉，浮現在她眼裡的是憤怒與恐懼之色。雪菜握著銀槍的指頭用力過度，正微微地發抖。

「怎麼……會是他！」

「……姬柊？妳認得這傢伙嗎？」

古城對雪菜的反應嚇了一跳，便開口問道。雪菜會將攻擊性的情緒表露得這麼明顯，對古城來說也是頭一次見識。

「……他是……！」

雪菜想要說明，衝口而出的卻只有情緒，無法連貫成話語。

剎那間，在電視畫面中，少年緩緩地開了口。

『——昭告所有居於絃神島的人類，以及魔族。』

少年閉著眼睛，靜靜地出聲相告。

如搖曳火焰的金髮與白皙肌膚。那模樣讓古城有了既視感。與「她」酷似的少年身影不禁令古城動搖。

接著，少年帶著優美微笑繼續說下去。

『我名為「吸血王(The Blood)」——夜之帝國(Dominion)「絃神市國」的領主，人稱世界最強的吸血鬼「第四真祖」。』

他那好似優美樂音的說話聲，在黑暗中肅穆地擴散開來。

古城等人始終呆立不動，只是望著他微笑的模樣。

4

「被擺了一道呢……」

最先從震驚中恢復過來的是淺蔥。她露出顯而易見的懊惱表情，還遷怒似的使勁猛踩擺在一旁的垃圾筒。

「古城隱瞞真面目的做法完全收到了反效果。畢竟也沒人想到，居然會有假貨這麼招搖地冒用第四真祖的名號。」

矢瀨用右手捂著眼睛，彷彿大受打擊地靠在牆上。自己這班人的計策被反過來利用的事實似乎讓他深感屈辱。

「還抓準了古城不在絃神島的時間點出招呢。」

「特地當眾摧毀基石之門，也是為了簡單明瞭地秀出實力吧。準備得太周到了。」

「──欸，現在是佩服敵人的時候嗎！」

淺蔥他們說的話就像在讚賞對方，使得古城發怒。

自稱吸血王的那名少年，古城之前就從雪菜口中聽說過其存在。他是將古城等人關進名為恩萊島的異空間，率眾在實驗中一再玩弄他人心靈的幕後黑手。

「我們要趕快抓住那個小鬼，阻止所謂的領主選鬥！該怎麼做才好！」

「嗯～～……不先確認清楚狀況，也沒什麼好說的耶。」

跟衝動的古城呈對比，淺蔥回答得很實際。

「總之我們需要的是情報。我想了解末日教團的人數與戰力，領主選鬥的影響有多廣也讓人在意。」

矢瀨也用平靜的語氣做了補充。聽他們一說，這番提醒實在有道理。目前古城等人這邊情報未免太少了。

「……古城哥，我問你喔……深森媽媽和牙城爸爸不會有事吧？」

之前一直保持沉默的凪沙悄悄地伸手揪住古城的袖口。

淺蔥發出「嘿！」的一聲輕靈地站起身，並從背後把凪沙用力摟進懷裡，表現自然得像親姊妹一樣。

「是啊……家人和熟人的安危也讓人在意呢。哎，受不了……！像這種時候，如果能出動摩怪就一勞永逸耶……！」

「問題還是出在基石之門嗎……」

古城瞥向仍顯示為訊號圈外的智慧型手機畫面，然後用力握拳。

發生在整座紘神島的通訊網路障礙，還有利用魔族登錄證的儀式魔法。那些全是基石之門遭到末日教團竊據所致。換句話說，只要搶回基石之門，就可以阻止「吸血王」安排的領主選鬥。

問題在於，末日教團的人當然也知道這一點。

連敵人戰力都不明就毫無策略地硬闖，對方想必沒那麼好解決，所以淺蔥他們才主張需要情報。

可是，因為通訊網路癱瘓，要緊的情蒐工作無法如願執行。由於有受到領主選鬥波及之虞，隨便靠近市區也很危險。

該怎麼辦好呢——當古城抱頭苦思，宇垣便戰戰兢兢地搭話：

「呃……話說老大，請問你們預定在這裡待多久？」

「我們待在這裡會對你造成什麼困擾嗎？」

古城連揪正「老大」這個稱謂都累了，就沒好氣地反問回去。

宇垣心慌地縮起肩膀說：

「沒有，不是的。我完全沒關係啦，只不過，老大你剛才不是動用了超離譜的魔力嗎？我在想，其他領域的人會不會也都察覺了——」

「對喔……正常來想，動用的魔力有多強，就代表聚集的臣民人數有多可觀呢。」

淺蔥驚覺地嘀咕了一句，宇垣則像是所見略同地使勁附和：

「對，就是那樣啦，大姊頭！」

「誰是大姊頭啊……！下次再讓我聽見，我就改叫你肥豬怪！」

「肥、肥豬怪……？」

慘遭臭罵的宇垣露出受盡委屈的臉色。古城對宇垣有些同情。那個渾名大概就是指體格肥胖的山怪，但未免也太不光彩了。

「不扯那些了，被其他領域的領主人選發現會怎樣？」

「這難講耶。能嚇跑他們是最好……但那些人全都想取代第四真祖，成為絃神島的領主啊。」

宇垣彷彿事不關己地回答古城的疑問。

如果那些人屬於看了古城用眷獸就喪膽逃跑的貨色，放著不管確實也沒有大礙。然而，如果有領主人選仍要進犯就麻煩了，因為對方很可能具備與古城對抗的實力或某種策略。

「……也滿有可能只是單純不要命的蠢貨啦。」

矢瀨低頭看了宇垣的臉，一邊用深有體會的語氣說道。

夏音聽了，就想到什麼似的突然蹲到宇垣旁邊。

「方才的儀式魔法，有讓施術者變好戰的副作用。我有沒有說錯呢？」

「啊，被妳一說，感覺好像是這樣耶，整個人會變得亂亢奮的——」

夏音迎面問宇垣問題，他就莫名其妙地臉紅了，還回答得緊張兮兮。

矢瀨察覺到事態嚴重而咂嘴。

末日教團安排的儀式魔法有驅使魔族爭鬥的副作用，連平時性情溫和的魔族也會變得好勇鬥狠。

若非如此，縱使基石之門被破壞了，魔族們也沒道理在同一時間就展開互鬥。畢竟「魔族特區」的登錄魔族原本就是希望與人類共存才移居過來的島民。

「原來是這麼回事啊……棘手了耶。趁還沒有詭異分子聚集過來，或許我們先換個地方比較好。」

「你說換個地方，是要換去哪裡？交通方式呢？」

淺蔥一臉認真地反問矢瀨。

假設把宇垣擱下好了，半夜有六個年輕男女走在一塊，即使是平時也會很醒目。何況領主選鬥進行到一半，這樣好比在宣傳請人來找碴。有必要想些對策。

「不……」

然而，在矢瀨提出具體計畫之前，雪菜就有了備戰的動靜。她重新握起銀色長槍，然後沿著牆壁移動到窗邊。

「……姬柊？」

「很遺憾……似乎已經晚了。」

「有別的領主人選帶著人手過來了？」

臉色變嚴肅的古城看向窗外。矢瀨立刻關掉室內的燈光。

可以看見有群人跨過基地周圍設置的圍欄，正朝建築物靠近。人數比想像中多，光是大略一數也超過六十人。有別於宇垣的那些跟班，來者的服裝及外表並無統一感，不過他們的行動卻感覺得出有某種共通的習慣。

「糟了……那些傢伙是狼愚（Rogue）聯盟。」

只從窗戶探出半邊臉的宇垣嚇得聲音變調。

「……取名品味確實是夠糟的了。」

古城不帶情緒地嘀咕了一句。宇垣那伙人的打扮很誇張，但是「狼愚聯盟」這個領域名稱也不惶多讓，感覺這年頭就連鄉下的暴走族也不會這樣取名。

「現在不是從容說這些的時候了。那些傢伙是掌管這一帶的四個領域結盟組成的，幹部全是獸人，臣民人數據說超過七百人……」

宇垣含淚告訴古城，古城則訝異地回望宇垣。

「以短短兩三天組成的團體來講，人數還真多耶……」

「他們就是大動作地一路互相吞併過來的。因為只要打垮有規模的領域，搶走對方的臣民，擴張自己的勢力也會相對有效率。」

「原來如此……」

古城了解宇垣心慌的理由了。反覆抗爭而壯大的好戰派領域聯盟——那確實是危險的對手。

「我們完全被包圍了呢。」

雪菜面不改色地淡然報告。

「照氣氛看來似乎無法靠勸說解決。怎麼辦？要強行突圍嗎？」

古城隔著窗戶看了一圈外頭的狀況。

狼愚聯盟的總人數據說有七百人以上，但似乎並不是所有人都聚集在這裡。即使如此，包圍住古城他們所在建築物的人恐怕也有三百個以上。從陣仗來判斷，幹部等級的獸人起碼有二三十個，這人數要用正常方式應付會有些吃力。

「不……對方是獸人，即使只有我跟學長，要完全逃脫恐怕還是有困難。」

雪菜冷靜地點明狀況。

單純只比攻擊力，能召喚眷獸的吸血鬼較具優勢，但身為魔族的體能卻是獸人那一邊占盡上風。儘管以個體來說或多或少有差距，但獸人大多強在瞬發力、持久力，還有嗅覺與聽覺等方面的能力，要甩掉他們的追蹤可是困難得嚇人。

再加上我方能與獸人正常交手的，只有古城與雪菜兩人——在這種狀況下要強行突圍，確實並不實際。

「無法突圍的話，要改打防衛戰嗎？可是沒有救兵能指望，又何苦困守在這裡……」

矢瀨望著房間裡嘆息。

「基本上這裡可不是城堡，而是組合屋。被對方放火就完蛋了喔。」

淺蔥的聲音也流露出焦慮。

或許是因為沿岸警備對沒有設想過要在地面執行戰鬥任務，他們的基地是廉價簡便的組合式建築，這種構造實在承受不住防衛戰。

「可惡……有夠麻煩。乾脆我把那些傢伙全部轟到一邊去怎樣？」

古城煩躁地瞪著外頭經過武裝的集團。

「不行喔，古城。假如那頭肥豬怪講的是事實，他們也一樣是被『吸血王』用魔法操控的犧牲者吧？」

淺蔥正色對古城提出了勸誡。

古城為難地聳了聳肩。那些好戰的狼愚聯盟成員原本也是在絃神島上和平度日的居民，以古城的立場，也希望盡量不要傷害到他們。

「欺騙並操弄眾多無辜的人……跟恩萊島那時候一樣呢。」

雪菜冷冷地用含憤的語氣說道。

自稱吸血王的那名少年之前也曾使用叫奈米式神的裝置，讓群眾變成暴徒來攻擊古城。那應該是他慣用的手法。

彷彿在嘲笑古城的命運就是被要保護的人們背叛——

「大哥——！」

古城一瞬間鬆懈的意識被夏音出聲拉回現實。

位於古城等人視野死角的天窗被打破，玻璃碎片撒落在地。從天窗探出臉孔的，是化為獸人的狼人。

「叶瀨，快趴下！」

古城奮力揮拳朝跳下天窗的狼人男子招呼過去。

古城的那記攻擊被狼人男子輕鬆躲開了。連吸血鬼化的古城也跟不上獸人的敏捷身手。在狹窄的空間搏鬥，果然還是他們壓倒性地占上風。

然而，雪菜出手的速度比那名獸人快。因為透過劍巫的未來視，雪菜看到了短瞬後的未來並採取行動。雪菜預判對手閃躲路徑使出了攻擊，狼人男子無法完全避開。

「鳴雷——！」

雪菜帶有咒力的一腳重重地轟在獸人的側頭部。

腦部受到震盪，獸人連聲音都叫不出來就當場昏倒了。宇垣目睹雪菜震撼的戰鬥能力，嚇得張大了嘴巴。

可是，入侵建築物的敵人並非只有狼人男子一人。狼愚聯盟的獸人們撞破各處窗口，紛紛湧進屋內。

「找到了，宇垣在這裡！」

「別讓他跑了！繞過去把後面也堵住！」

「呀呼唔唔唔唔，有女的！這裡也有女的！」

男子們興奮地用獸人特有的模糊嗓音嚷嚷。一味防守的古城等人逐漸被逼到房間角落。

「可惡，人數太多了！」

在狹窄的建築物中連要召喚眷獸都不成，古城急得咬牙切齒。雪菜也奮力戰鬥，但她光要牽制住那些獸人就費盡心力。

而這段期間，獸人的數量仍持續在增加。建築物周圍遭到他們的同伙重重包圍，要逃離已經無望。

即使把眷獸召喚出來威嚇，對處於興奮狀態的這些人也不曉得有多少效果。

還是得打倒他們才行嗎——如此心想的古城露出絕望之色。

但就算這樣，古城等人仍未察覺。

真正的絕望已悄然而至。

5

「——古城哥！」

凪沙發出尖叫。

古城詫異地回頭。他以為有新的一批獸人出現，使得凪沙遭受攻擊。

然而，他錯了。凪沙恐懼的目光是朝著被破壞的窗口之外。於夜色的黑暗中，有看似生物內臟的成群巨大觸手出現。它們發出濕滑聲響入侵建築物，陸續纏住驚恐的獸人們。

「這些觸手是哪來的……！」

古城對意料外的狀況做不出反應，只能茫然處在原地。

獸人們在恐懼驅策下出手抵抗，漆黑觸手卻像捕獲獵物的巨蛇一樣，毫不留情地勒住他們，隨後那些人就逐漸被拖到建築物外頭。那模樣讓人聯想到凶猛的食蟲植物在覓食，景象之駭人足以造成反胃。

「啊……唔……啊啊……！」

宇垣臉色蒼白地低聲驚呼。

他看見的，是飄在空中的白色人影。

以交纏的觸手為立足點，身穿純白大袍的詭異人物站在那裡。人影共有三道。他們各自戴著外型仿效蜥蜴、野牛及人類頭骨的面具。

「喂，你是怎麼了？」

矢瀨抓住陷入恐慌狀態的宇垣肩膀猛晃。

宇垣則像害怕的小孩一樣抱著頭，還囈語似的發出嘀咕。

「就是他們……那幾個傢伙，就是末日教團的人……！」

「什麼……！」

矢瀨訝異地抬起臉。

在這段期間，又黑又濕的觸手仍在蹂躪狼愚聯盟的那些獸人。

不只闖進建築物的那些人，觸手更對在外頭待命的同伙還有助勢的眾多臣民發動攻擊，毫不留情地朝他們橫掃而過。

「天啊……！」

淺蔥的聲音在顫抖。狼愚聯盟的包圍網已經瓦解，觸手的攻擊仍不停歇。它們從背後攻擊落荒而逃的眾多臣民，將那些人痛打到傷痕累累。

操控觸手的是末日教團成員之一，戴人類頭骨面具的人物。

「給我住手——！」

古城像是再也忍不住地衝到建築物外頭。就算敵方領域的人再怎麼好戰，古城也不能默默看他們遭受凌遲。

「你們打算做什麼！這些人還不都是被你們唆使的……！」

古城用右手橫向一掃，視線範圍內的觸手就被悉數腰斬。那是將眷獸召喚出一小部分所發揮的「斬斷」能力。

觸手遭砍斷以後，碎片便消融於虛空之中。

可是，操控觸手的施術者當然毫髮無傷。在外型仿效頭骨的面具底下透出他們在嘲笑的動靜。

「曉古城……繼承『焰光夜伯』血脈之人啊……」

「我等乃末日教團，自古便侍奉真正第四真祖之人。」

「促使汝自覺為王、導引汝真正覺醒，就是我等的使命……」

末日教團的三人各自開口告訴古城。

古城先是對他們說的話呆了一瞬，隨後就大為光火。領主選鬥真正的目的在於讓古城覺醒——他們的言下之意便是如此。

「搞出這麼大的騷動，還說是為了我……？你們別開玩笑了……！」

古城在腳底下用力使勁。他想揍降落到地面的末日教團出一口氣。

可是，有一群人搶在古城之前先朝末日教團進攻了。狼愚聯盟存活下來的成員，幹部級的獸人們。

「臭傢伙！竟敢動我們的伙伴——！」

「宰了你們！」

「——笨蛋，別出手！」

獸人們有勇無謀地從正面進攻的模樣急壞了古城。他立刻想召喚眷獸掩護那些人。

同一時間，雪菜也衝出建築物。她打算靠「雪霞狼」的神格振動波令末日教團用於操控觸手的魔法失效。

可是，末日教團那三人的反應比他們都快。

從虛空吐出的成群觸手將古城全身纏住，阻礙他召喚眷獸。

迎擊雪菜的，則是戴野牛面具的苗條人影。對方用刀身呈波狀的透明彎刀擋下銀槍，阻止雪菜衝上前。

而擋下獸人們攻勢的，則是戴蜥蜴面具的人影。

接觸到對方身影的瞬間，獸人們的肉體就被純白蒸氣與火焰籠罩。他們發出慘叫，肉烤焦的可怕氣味瀰漫四周。獸人們腳底下的地面變得滾燙，柏油隨之融解，熱量驚人。

「唔……」

雪菜冒出焦急的聲音，劇烈火花在她眼前迸發。

受到透明彎刀的刀法壓制，雪菜正節節後退。

末日教團的劍士在武藝上遙勝雪菜。即使靠劍巫的未來視與武器長短的差距，頂多也只能打成平手，甚至可以感覺到對方還反過來手下留情。

「這把刀……是……！」

更棘手的是對方的武器。

透明刀刃在黑暗中難以看清，彎曲的刀身讓人抓不準攻擊間距。

而且武器本身也帶著一股凶惡的氣息，肯定有某種附魔效果。可是，其真面目不詳。要提防那把刀的能力，雪菜進攻也就綁手綁腳，不管怎麼應付都會落於人後，連要支援苦戰的古城都辦不到。這股焦慮把雪菜逼得更急。

「可……惡……！」

此時，被大群觸手綑住的古城冒出了幾不成聲的痛苦呻吟。

纏在脖子上的細細觸手將喉嚨勒到極限，氣管被壓癟發不出聲音，頸動脈受到壓迫造成意識遠離。隨後——

「——古城！你別動！」

意外的聲音傳到了被逼到絕境的古城耳裡。

意識朦朧間，矢瀨的呼喚聲卻能聽清楚。

有風席捲呼嘯的動靜。

壓縮過的空氣化為利刃，從古城頸邊掃過。

感覺不到魔力的氣息，跟末日教團的華麗招式相比，威力也微不足道。可是，那道透明風刃精確地撕裂了勒住古城脖子的觸手。

被切斷的觸手隨之消滅，在新的觸手再次纏住古城之前有一瞬間空檔——

新鮮血液送到原本缺氧的腦袋，使古城薄弱的意識變得鮮明。

「——迅即到來，『牛頭王之琥珀（Cor Tauri Succinum）』！」

古城腳下的地面裂開，噴出了熔岩之刃。

第四真祖的第二號眷獸是具有熔岩之軀的巨大牛頭神（Minotaurus）。

那灼熱的軀體燒去了末日教團所用的觸手，讓被擒的古城得以解脫。

「唔……！」

彷彿在提防咆哮的牛頭神，末日教團那三人後退了，古城的攻勢卻沒有停止。熔岩之刃接連從地面湧現，要將披白色大袍的身影逼到絕路。

為了終結領主選鬥，這時候就不能放他們走。他們是跟底細不明的「吸血王」有關的寶貴線索。

更重要的是，他們在這裡展露的殘虐行舉已經激怒了古城。

像是在呼應古城的憤怒，牛頭神的攻勢更添威力，熔岩之刃正逐漸擴增規模。

「——學長！」

「什麼！」

雪菜哀號般的尖叫讓古城猛然回神。

隨後，帶有龐大魔力的爆壓便從上空朝古城襲來。

猶若重砲的驚人暴風團。古城體認到自己躲不掉，就展開了灼熱熔岩予以迎擊。巨量魔力迎頭對轟，使得雙方的力量互相抵消。

假如沒有雪菜幫忙預警，古城遭到那陣爆壓直擊，應該就無從招架地被敵人擊垮了。

「你……！」

古城不斷喘氣，瞪向黑暗深處。

在末日教團的三人背後，他笑吟吟地站著。

個子比想像中更小，好似同齡少女的嬌弱體型，金色秀髮如火焰般搖曳變色的少年。

「『吸血王』……！」

古城低聲喚了他的名號。

少年閉著眼睛微笑，並優雅地點了頭。

「這是我們初次見面呢，曉古城——我本希望與你慢慢暢談，但現在還太早，畢竟領主選鬥才剛開始。」

在少年如此告知的同時，他全身就被霧氣所籠罩。

帶有魔力的深紅霧氣。那陣霧不久便化成發出光輝的野獸模樣。

「這股魔力……！」

雪菜驚愕地倒抽一口氣。

受到本能的恐懼驅使，古城召喚了新的眷獸，沒有空閒思索要怎麼留手。在直覺觸發下，魔力就這麼毫無限制地釋放出來。

「——迅即到來，『獅子之黃金（Regulus Aurum）』！」

「——當即現身，『始祖之黃金（Primus Aurum）』！」

古城召喚的雷光獅子化成巨雷撲向少年。

予以迎擊的則是少年喚出的眷獸，身披雷光的漆黑獅子。

兩道巨大雷光迎頭對轟，散落的龐大熱能與衝擊波使得古城等人所在的增設人工島逐漸瓦解。

「哈哈……哈哈哈哈哈哈哈哈！」

少年的清脆笑聲隨著破壞巨響一同傳出。

「『吸血王』！你究竟是……！」

古城被逆流的雷光燒傷，一邊仍大吼。可是，沒有人回答他的疑問。

大氣震盪，人工大地四分五裂。

在炫目的灼熱閃光之中，只有少年動聽的笑聲響遍四周，久久不休。

第二章 在這座被分裂的島嶼

In This Divided Island

1

無數閃光灑落，將夜空照得有如皎潔的白晝。

與其稱之為落雷，那一幕更像雷雲直接出現在地表。巨量魔力衝突導致大氣劈啪作響，人工大地彷彿樹葉隨之搖晃。

厚實的柏油跑道像巧克力一樣輕易裂開，從裂痕冒出了被龍捲風吸上來的海水。增設人工島正開始瓦解。

「好強的魔力……」

淺蔥仰望發生衝突的巨大眷獸，茫然嘀咕。

當四周設施陸續倒塌時，沿岸警備隊基地的組合屋勉強撐住了。

那是雪菜設下結界的功勞。手持銀槍的她直接斬除了四散飛落的魔力。若沒有她的結界，淺蔥等人所待的建築物肯定早就蒸發得不留痕跡。

然而雪菜要隻身對抗，兩頭眷獸散發的魔力卻太過龐大。

而且靠她的結界並不能防範物理性影響，魔力餘波造成的暴風及振動是無法消除的。

建築物的窗戶玻璃早就悉數碎散，地板及牆壁開始詭異起伏。天花板接縫變寬，物體快被扯裂的刺耳聲響四處蔓延。

「糟糕……我們到外面！建築物撐不住了！」

察覺有異的矢瀨叫道。

「不要！我受夠了！救我！古城哥！古城哥！」

凪沙當場抱頭坐到地上。對原本就患有魔族恐懼症的她來說，眷獸在眼前衝突是足以引發恐慌的震撼景象。

「凪沙！這樣不行！拜託妳起來！」

矢瀨硬是把僵住不動的凪沙抱起來，想帶她離開建築物。

而怪聲就在他們背後響起。

支撐建築物的地盤下陷，一部分牆壁倒塌了。矢瀨仰望從頭頂掉落的瓦礫，連慘叫都發不出就停下動作。

青白色的靈氣光芒籠罩了矢瀨的視野。有一道令人聯想到久遠冰河的優美結界擴展開來，把幾近倒塌的建築物推回原位。

「叶瀨學妹……妳……！」

「阿爾迪基亞王室的擬造聖盾（寒盾系統）嗎……！」

淺蔥和矢瀨望著祈禱般雙手交握的夏音，不禁倒抽涼氣。

借助精靈之力的防禦結界「擬造聖盾」是阿爾迪基亞王室的最高機密。夏音沒有受過任何人指點，就用自己的方式將其重現了。

當然，跟拉．芙莉亞公主用的正宗擬造聖盾一比，那道結界就顯得微弱而不穩定太多了。即使如此，它仍牢靠得足以暫時防止建築物倒塌。

「好猛……」

宇垣深受感動似的吐氣。在肆虐的魔力風暴圈裡，夏音張開靈氣之翼持續祈禱的模樣正如人們心目中描繪的聖女，似乎連粗暴的不良山怪宇垣也不得不感到敬畏。

「我們趁現在逃！淺蔥，趕快！」

「等一下，可是叶瀨學妹還沒有……！」

淺蔥打算吼回去，夏音的身影就在她眼前被掩去了。因為天花板從頭頂崩落，遮住了淺蔥的視野。

「叶瀨學妹……？」

「不要啊啊啊啊啊啊啊！」

淺蔥聽著屈沙尖叫，杵在撒落的瓦礫之間。而淺蔥全身都被青白色靈氣結界保護著，假如沒有這層保護，淺蔥在這種狀況下即使早就死了也不奇怪。

「結界沒有消失！叶瀨她沒事！」

矢瀨嘶聲大喊。淺蔥像是被他的聲音催促，才逃離建築物。

幾乎在同一時間，保護淺蔥的結界消失了。建築物倒塌的聲音從背後傳來，但淺蔥沒空回頭，因為腳下冒出了巨大的裂痕。

第四真祖的眷獸與同等強悍的陌生眷獸都已經消失。

可是雙方眷獸的衝突對增設人工島的基底造成了致命損傷。

地面就像湖面結成的薄冰，分解成好幾片碎塊，在波浪劇烈起伏的海上逐漸散開，失去浮力的一部分碎塊已經開始沉入海中。

矢瀨和凪沙的身影也在不知不覺中消失。他們在與淺蔥不同的島嶼碎塊上，漂流於海面。

淺蔥想找他們的蹤影，然後愕然地僵住了。

因為她在即將沉沒的人工島碎塊上發現了雪菜的身影。

大概是過度釋出靈力而用盡力氣的關係，雪菜癱倒了無法動。如果就這樣放著雪菜不管，她必定會跟人工島碎塊一起沉入海裡。

「哎，真是！」

淺蔥還沒思考就先衝了出去。

從淺蔥所在處要到雪菜在的碎塊，有一道近兩公尺的裂痕，不越過去就沒辦法到雪菜身邊。假如著地失敗，當然就只會跌入海裡，而且那道裂痕還在慢慢擴大，沒時間猶豫。

「姬柊學妹！」

連助跑都沒多少距離，淺蔥卻還是勉強跳過去了。

在雪菜滑落海面的前一刻，淺蔥驚險地拉住她的右手。

於是在淺蔥鬆了口氣的瞬間，腳下便傳出破滅的聲響。她剛才落地帶來的衝擊，讓支撐人工島碎塊的某個零件斷了。

「不……不會吧！」

即將傾覆的人工島碎塊一口氣翻成接近垂直的角度，淺蔥緊抱著雪菜，無計可施地就這麼被拋到海裡。

2

淺蔥浮出浪濤猛烈的海面，不斷地大口換氣。雪菜依舊被她抱在懷裡。

或許是身為攻魔師的本能所致，雪菜理應失去了意識，手裡仍緊握著銀槍不放，因此要一直抱著她游泳也就十分困難，淺蔥光是要扶穩雪菜不讓她溺水便費盡了心力。

「要我怎麼辦嘛，真是夠了！」

淺蔥忍不住大聲叫了出來。

所幸，雙方眷獸衝突引發的暴風終於開始歇緩，海面的風浪也不至於無法忍受。問題在於，增設人工島瓦解後的碎塊開始陸續下沉了。要是受到那些碎塊的沉降波及，淺蔥她們現在根本撐不住片刻。

『咯咯……看來妳愁得很呢，小姐。』

被海浪擺弄的淺蔥耳邊突然傳來挖苦似的人工語音。

聲音來自淺蔥戴在左手腕的錶——跟智慧型手機連動的智慧功能錶。那道令人亂懷念的說話聲讓淺蔥訝異地回嘴大喊：

「摩怪？你怎麼會……！」

『之後再說。現在騰不出空閒吧。』

跟淺蔥搭檔的人工智慧像在戲弄人般提出忠告。淺蔥把湧進嘴裡的海水吐出來，一臉苦澀地點點頭。

「也對。總之呢，先想辦法解決這個狀況。」

抱著雪菜還要一邊游泳就沒空把手機拿出來。淺蔥摸了智慧功能錶的觸控面板，叫出自己設計安裝好的程式。

淺蔥不會用魔法，然而唯一的例外，是名為「聖殲」的禁咒。

不，精確來講，「聖殲」甚至不算禁咒。它能直接竄改世界運作的「天理」，堪稱極致的非法改造（cheat）行為。

利用絃神島這座設計成「聖殲」祭壇的運算裝置，淺蔥便得以竄改世界。她可以行使名為「該隱巫女」的破格能力，將「天理」——也就是現實本身加以改寫。

本來就算憑淺蔥的能力，要隨心所欲地即時駕馭「聖殲」仍有困難。而在這種別說用電腦，甚至連手機都無法好好操作的情況下就更不用說了。

話雖如此，倒也不是完全無能為力。淺蔥從智慧功能錶啟動了事先編寫完成的定型術式（巨集）。雖然不能進行細密的操作，但如果只是要指定目標執行批次轉換，這凶猛的玩意兒用一次點擊就可以辦到。

「早知道會弄成這樣，我在寫巨集的時候就更認真點了……！」

淺蔥被「聖殲」特有的深紅粒子包圍，懊悔似的嘆息。

深紅粒子擴散以後，淺蔥四周的海水便逐漸發光。

原本浪濤四起的海面像慢動作影片一樣放慢速度。

隨後便完全停止。

然而，海面並沒有遭到凍結。仔細一看，透明的海面正彈性十足地微微抖動著。

那模樣近似淡紅色的果凍。倒不如說，那就是果凍。

半徑達三百公尺的巨大草莓果凍——淺蔥把自己身邊的海水全變成可食用的果凍了。

這是為了避免讓依舊無意識的雪菜還有淺蔥本身，以及墜海的狼愚聯盟臣民溺死。因為她手邊並沒有其他能用的巨集。

『咯咯，這麼說來，小姐在寫這個程式時是一邊嚷著想吃水桶尺寸的果凍，一邊進行作業的對吧。』

禁咒發動結束後，摩怪愉快似的笑了。

「當時沒有選布丁是對的……」

淺蔥撥開果凍化的海水爬出來，並虛弱地嘀咕。

正因為果凍硬又有彈性，她才能像這樣站在海面上。換成柔軟的布丁大概就不會這麼順利，弄不好可能會像掉進無底沼澤直接沉下去，在布丁之海中溺死。世上最丟人的死法莫過於此。

沉重的金屬以及混凝土逐漸沉到果凍底下，但比重較輕的人體不會下沉，起碼是不用害怕溺死了。當下的危機過去了。

『話雖如此，這終究是果凍，天亮氣溫上升後就會融化吧？趕緊逃脫才好喔，小姐。』

「不用你說我也會做啦。幸好姬柊學妹夠輕。」

淺蔥揹著沒有意識的雪菜站起身，並朝周圍緩緩看了一圈。

位於右邊的，是增設人工島半毀後少了約一半質量的殘骸；左手邊內側則可以看見絃神島的主體。淺蔥她們正好在兩者的中間地帶。在墜海掙扎的期間，她們似乎被沖得滿遠了。

猶豫短瞬以後，淺蔥朝左側走去。

雖然古城和矢瀨等人的安危也讓她在意，但是增設人工島的舊址有狼愚聯盟的餘孽出沒，她認為現在應該先確保雪菜的安全。

『直接往前走九十公尺左右有一座壞掉的聯絡橋。爬上去應該就能進入人工島南區。』

摩怪搶先給了淺蔥建議。這表示它利用絃神島的都市管理系統，得到了周圍影像及淺蔥的位置資訊。就算遭到末日教團竊據，都市管理系統似乎並沒有停止機能。

「基樹他們平安嗎？」

『很遺憾，現在的我確認不了。』

摩怪淡然回答。

淺蔥焦躁地瞪向智慧功能錶的小小畫面問：

「你喔，之前都在忙什麼啊！既然好端端的就早點跟我聯絡嘛！」

『很遺憾，那可辦不到。』

「為什麼！」

『因為領地。』

「啥……？」

『目前絃神島本島共被分成了八十一塊領地，每塊領地各有實際支配的領主——或者應該說，握有領地支配權的人就可稱為領主。』

「……這是怎麼回事？什麼叫領地支配權？」

摩怪突然的說明讓淺蔥疑惑。

醜布偶造型的化身愉快地笑著回答：

『就是支配領地的權利啊。我想想，簡單來說嘛，小姐可以把那當成絃神島都市管理系統的獨占掌控權。電力、瓦斯、供水、監視器以及無線通訊，全包含在內。不過只有八十一分之一就是了。』

「要把都市管理系統分割開來，那怎麼可能嘛。」

淺蔥傻眼地反駁。摩怪不解似的偏過頭說：

『是嗎？』

「當然了，又不是分餅乾。把都市管理分成兩半，系統容量也不可能變成兩倍。假如有某塊領地多用了水或電力，別的領地肯定就會缺。」

『既然這樣，不夠的部分從其他地方搶就行了吧。』

摩怪像是藉淺蔥的反應來取樂一樣坦然斷言。

「啥！你說什麼啊，那樣簡直──」

『跟戰爭一樣，對吧？』

「……原來如此。這就是領主選鬥的機制呢。」

淺蔥不甘心地咬脣。

那些領主人選並非單純以比賽的心態擴張陣地，他們互相爭奪的是絃神島都市管理系統的資源──也就是生活必須的資源。

『順帶一提，領主獨占了都市管理系統──這表示違抗領主的臣民會分不到水與糧食。假如不想這樣，要嘛接受領主支配，否則也只能打倒不滿意的領主，然後自己上位了。』

摩怪突然用認真的語氣說道。淺蔥則瞇起眼瞪了搭檔說：

「不管怎樣，對方就是想讓絃神島的居民互鬥嘛。玩這一套還真狠。你協助敵人的計畫是要幹嘛啦？」

『喂喂喂，小姐，我的本尊不過是區區一台電腦耶。被系統管理者命令，我也只能照辦吧。』

「既然這樣，你為什麼拖到現在又滿不在乎地冒出來？」

『因為狼愚聯盟的首領被打倒，這塊領地就沒有領主啦。所以我也暫時恢復了自由之身，雖然只有八十一分之一。』

「意思是我能使用的『聖殲』威力也變成原本的八十一分之一嘍。」

淺蔥不悅地揚起一邊眉毛，並輕輕踹了腳底下的海面。

果凍化的海只有在增設人工島南邊的海域擴散開來。彷彿有看不見的牆擋住，「聖殲」的效果在洋面中途就斷了。要到絃神島本島非得橫渡聯絡橋就是因此所致。

這道看不見的牆恐怕正是領域的邊界。如果跨過邊界，淺蔥又會跟摩怪失去聯繫，「聖殲」之力也會跟著消失。

「等一下。那麼，要是有人將八十一塊領域全部支配會怎樣？」

『就表示那傢伙成了絃神島的新任支配者啊。當然，只要小姐的伙伴中有人掌握所有領地，這場領主選鬥（鬧劇）就可以瞬間落幕。』

「假如『吸血王』說的話能信啦。」

『哎，也對。』

對於淺蔥充滿猜疑的嘀咕，摩怪並沒有予以否定。

領主選鬥的規則是「吸血王」和末日教團單方面定出來的，沒人能保證他們不會在最後關頭推翻掉那套規則。

即使如此，淺蔥他們現在也只能利用那套規則。事到如今要抱怨條件不利，狀況也不會

有任何改變。這就是一場從壓倒性劣勢開始的比賽。

「然後呢，所謂的領主是用什麼方式決定的？」

『在該領地蒐集到最多臣民契約的魔族就會成為領主。』

「契約……你是說那個像魔法陣的東西？」

淺蔥想起宇垣那些跟班所刻的咒紋。她並非魔法師，實在不明白那是基於什麼樣的原理運作。

『並不用一個一個見面然後要求蓋章啦，只要該領地的臣民願意認某個傢伙當代表，契約就完成了。』

摩怪用十分敷衍的口氣說道。

淺蔥表情嚴肅地進一步問：

「——假如有複數的領主人選待在同一塊領地呢？」

『由領主人選互相戰鬥，贏的一方就會接收對手的臣民。』

「原來如此……跟宇垣說的一樣呢。」

淺蔥疲倦似的嘆了氣。

逼領主人選互鬥，互搶臣民。如此一來，獲勝的領主人選就能讓臣民人數加速成長。

只要臣民人數成長，領主人選的魔力也將隨之增加，戰鬥帶來的損害及犧牲應該也會變得莫大無比。這是場波及紘神島所有島民的戰爭。

不過——摩怪擅自繼續說明。

『——要成為領主，臣民必須知道角逐者的身分，哎，至少也要曉得長相與姓名。』

「那算……什麼嘛……」

淺蔥忽然發冷，停下腳步。

臣民要選出自己的領主，就必須知道角逐者的長相與姓名。

感覺並不是多奇特的條件，以魔法而言也可說是理所當然的制約。

然而這也表示只要曉古城繼續隱藏自己的身分，就無法成為領主。古城想終結這場領主選鬥只有一項方法——向世人昭告自己是真正的第四真祖，然後成為紘神島的真正領主。

領主選鬥的所有規則不都是為了將曉古城拉到檯面上而存在的嗎——？

彷彿要甩開這荒謬的想法，淺蔥猛搖頭。

就在隨後，摩怪顯示於智慧功能錶的影像突然亂掉了。

『抱歉，小姐，看來我只能幫到這裡了。』

「啥？為什麼！」

淺蔥瞪著摩怪反問。果凍化的海面在眼前仍持續了一小段距離，這裡應該還在可以跟摩怪通訊的範圍內。

醜布偶外型的化身卻不負責任地搖頭說：

『因為增設人工島完全毀了啊。這塊領地遭到廢棄後，領地編號會被其他地區接收。所以啦，我又要跟小姐分開一陣子嘍……在下次再會……前要多多……保重喔。』

「摩怪！等一下啦，摩怪！我們話才講到一半吧！」

淺蔥鍥而不捨地朝智慧功能錶呼喚，畫面上浮現的卻只有無情的無訊號圖示。

不過，淺蔥沒空對此感到失落。因為在摩怪消失的同時，果凍化的海面也冒出了大規模裂痕。

「呃……！」

巨大的果凍海裂開了。淺蔥發現這一點，臉色隨之發青。

並不是淺蔥用的「聖殲」效力中斷了。「聖殲」是可以改寫世界本身的禁咒，遭到改變的物質不會自動復原。

然而變化一旦結束，該物體就會受到正常物理法則的影響。氣溫上升會讓果凍融化，施以外力也會使其碎裂。

而浮在海面的巨大果凍受波浪影響，將隨著時間逐漸瓦解。這就是在淺蔥眼前發生的現象。

如果有摩怪在，倒是可以再次用「聖殲」將其復原，但它已經消失了。如今淺蔥能做的，只剩揹著雪菜一路衝到目的地，也就是聯絡橋。

浮於水面上的果凍即將碎掉，淺蔥滿身大汗，拚命跑在如此惡劣的立足點上。途中淺蔥摔得四肢著地，到最後還拿雪菜的槍當拐杖，爬上又濕又滑的果凍斜坡。顧不得形象了。雪菜應屬輕盈的體重沉甸甸地落在淺蔥的肩膀上，簡直就是活受罪。

最後，淺蔥幾乎是連撲帶跳地登上了半毀的聯絡橋。橋頭斜斜地沉入海面，可以徒步爬上去。

使勁過猛的淺蔥直接往前一栽，當場跌倒。

幸好橋身表面是濕的，只有造成小傷。在Q彈的果凍上待久了，堅硬的柏油路面讓身體感到踏實舒適。

「呼……呼……勉強趕上了呢……我還以為……這次死……定了。」

淺蔥望著海面上碎掉的果凍被波浪沖走，喘個不停。

要是抵達聯絡橋的時間再晚一點，她們又要溺於海中了。憑淺蔥目前消耗殆盡的體力，想必沒辦法抱著雪菜游泳。真的是驚險萬分。

淺蔥將昏睡的雪菜與她的槍平放在路面，自己也跟著趴倒在地。

全身沾滿果凍都是草莓味，頭髮和衣服要多亂有多亂，模樣實在不能見人。

雪菜的條件也相同才對，但以她的情況來看，即使慘成這樣仍可感覺出嬌憐可人。未免太不公平了吧？淺蔥忍不住在心裡發牢騷。

但雪菜全身冷透了，臉頰依舊毫無血色。大概是動用靈力超出極限的反作用。單靠一人擋下兩頭真祖級眷獸的魔力，會這樣是當然的。

雖然呼吸勉強算穩定，但就這樣放著她不管也讓人擔憂。

必須找個安全的地方帶雪菜過去才行——如此心想的淺蔥鞭策疲倦的身軀緩緩爬起。

就在此時，她感覺到身旁有別人的動靜。

「——！」

令人發毛的凶猛氣息讓淺蔥反彈似的回頭。

從昏暗中淡入出現的是披純白大袍的身影。

那道身影的頭上罩著外型仿效人類頭骨的詭異面具，面具底下傳出說話聲。

「藍羽淺蔥……該隱巫女……」

「末日教團……！」

受本能的恐懼驅使，淺蔥無意識地備戰。

右手摸向口袋裡的手機。防水款手機即使泡過水，運作起來還是沒問題。不過，跟摩怪之間依舊斷了通訊。如今淺蔥無法發動「聖殲」，就如外表所見只是個無力的高中女生。

而末日教團的使徒對這樣的淺蔥投以毫不留情的敵意，連沒有靈力的淺蔥都能明確感受到對方的強烈魔力。

「對我等的計畫來說，汝為危險的存在……因此……」

「開……開玩笑的吧……」

淺蔥彷彿承受不住迎面吹來的魔力，便後退一步。

有某種滑溜溜的物體纏住了她的左腳踝。那是黑得發亮的黏滑觸手。

從白色大袍底下吐出的觸手陸續朝淺蔥伸過來。它們想把淺蔥拖進大袍裡面。

「哇，好噁……！欸……住手……別過來！」

淺蔥保持跌坐在地的姿勢，拚命將觸手踹開。不過那是無謂的抵抗。淺蔥雙腿在轉眼間被觸手抓住，無法動彈。

白色大袍掀起下襬，裡頭是整片漆黑的黑暗。

那恐怕是用於移轉空間的「門（Gate）」。從中出現的大群觸手正準備回去「門」的另一邊，並仍抓著淺蔥的雙腿。

「唔……」

末日教團的使徒低聲驚呼。

有道銀色閃光如雷霆一般疾馳而過，原本想將淺蔥拖進「門」的大群觸手被彈開。它們被銳利的刀械砍斷了。

嬌小少女以讓人感覺不到重力的輕靈身手在淺蔥眼前著地。她手裡握的是全金屬製的銀色長槍。

「姬柊學妹！」

「藍羽學姊，對不起。現在，已經沒事了。」

雪菜用長槍指向末日教團的使徒。

但她的臉色依舊蒼白，想必也沒有完全理解狀況。

恐怕是敵人使用觸手的魔力讓雪菜起了反應，意識才剛恢復過來吧。她離原本健全的身體狀況應該差遠了。

「姬柊……雪菜！」

而觸手使用者朝雪菜開口大吼。凶猛的魔力更加膨脹，幾乎數不清的大群觸手同時朝雪菜來襲。

「——狻猊之神子暨高神劍巫於此祀求。」

雪菜對逼近的大群觸手躲都不躲。

彷彿要淬鍊僅剩的靈力，雪菜持槍唱誦禱詞。銀色長槍發出青白色光芒，逐漸被清冽的氣息籠罩。

「破魔的曙光、雪霞的神狼，速以鋼之神威助我伐滅惡神百鬼！」

雪菜蹬地拔腿衝向前去。

被她環繞於身的神格振動波結界所阻，召喚出來的觸手悉數斷開。

觸手使用者生畏似的仰起身體，肉體就像溶於虛空一樣消失了。是以空間操控魔法施展的瞬間移動。

然而，雪菜發動攻擊比觸手使用者完全消失蹤影快。空間移轉用的「門」被「雪霞狼」的魔力無效化能力破壞，觸手使用者的身軀再次出現在只隔幾公尺遠的地方。

發出瓷杯破掉般的清脆聲響，有東西掉到觸手使用者的腳邊。

那是面具的碎片。仿頭骨造型的面具裂了，觸手使用者的真面目顯露在外。雪菜的槍斬斷純白大袍，將底下的面具劈成兩半。

「妳是……！」

雪菜的聲音震驚得發抖。

「女……孩子……？」

淺蔥目瞪口呆。

末日教團的使徒，觸手使用者。其真面目是年輕少女。

漆黑頭髮與白淨肌膚，紅眼睛的美麗女孩。

「妳們……看見我這淺薄的模樣了嗎……」

她羞恥地用一手遮著臉，並從指縫間瞪了雪菜她們。

下個瞬間，「門」再次發動，這次她才消失於黑暗之中。

「得救了……對嗎？」

淺蔥坐在地上，聲音虛弱地嘀咕。

衣服到處都磨破了，手腳也有擦傷。然而光這樣就了事應該算是難以置信的幸運，原本即使被殺也不奇怪。

「藍羽學姊，現在的狀況，究竟是……？」

雪菜放下舉著的長槍，不安似的問。

由於她之前都失去意識，理應連自己待在什麼地方都不明白。

「這個嘛，該從哪個部分說起好呢……」

淺蔥搖搖晃晃地站起身。

儘管勉強撐過了末日教團的襲擊，但什麼都還沒結束。當下此時，領主選鬥仍在絃神島某處繼續進行著，走散的古城等人也令淺蔥掛心。要趕快把從摩怪那裡獲得的情報轉達給雪菜，盡快想出對策才行。

「不過，在那之前我想先洗澡。全身都是果凍又沾得黏答答的……真的好難受。」

淺蔥露出精疲力盡的笑容這麼說。

開始泛白的天空微微照亮她那弄髒的臉龐。天就要亮了。

3

像貓那樣將背縮成球狀的嬌小少女肩膀一顫，睜眼醒了過來。

矢瀨基樹見狀，便安心地放鬆表情。

被緊急照明的燈光幽幽照亮的地下通道。

在乏味的人造空間內，感覺不到眷獸衝突帶來衝擊的影響。

增設人工島瓦解的前一刻，矢瀨帶她來到了絃神島本島，躍過將兩座人工島區隔開的運河。

矢瀨出自人稱過度適應能力者（Hyper Adapter）的超能力系族，他本身亦為先天的超能力者之一，主要能力是控制氣體的分子運動。

平時這種微弱的力量頂多用於竊聽，但在解除無意識下的限制以後就可以隨意操控風的流向。矢瀨利用古城他們捲起的暴風，成功地順著風頭飛躍了近四十公尺的距離。若不是運用這種小技巧，要帶著昏厥的少女逃出生天肯定不可能。

「嗨，凪沙，妳醒啦？」

「矢瀨……？」

剛醒的曉凪沙緩緩抬起臉，納悶地朝周圍看了一圈。

接著她的嘴角忽然僵住。兩頭巨大眷獸發生衝突後，增設人工島隨之瓦解——她想起了那一幕。

「這裡，是什麼地方？古城哥呢？淺蔥和雪菜還有夏音呢……！」

「古城的事情不用擔心。假如他碰到生命危險，造成的損害可不會只有這樣。再說眷獸也沒有失控，那個叫『吸血王』的傢伙這次大概不是來真的。」

為了避免讓凪沙不安，矢瀨毫不猶豫地開口斷言。

實際上，矢瀨並不像嘴巴說的那麼有把握，古城平安不過是他的推測。然而，「吸血王」並非來真的這項假設恐怕沒有錯。

假如對方的目的是抹殺古城，就不必安排領主選鬥這種荒唐的戲碼。他們另有目的。

而且要炒熱領主選鬥，有古城參戰才比較方便。

正因如此，「吸血王」才會故意在古城面前現出面貌吧。

昭示出本身的力量與殘酷來逼迫古城，不由分說地將他拖進領主選鬥。那是敵人為了挑釁古城所做的示威舉動。

「……大家呢？」

「我們還活著，表示其他人也不會有事吧。畢竟在場所有人當中，我跟妳是最廢的。」

矢瀨自我消遣般的輕鬆語氣讓凪沙跟著僵硬地露出微笑。

「嗯……對啊，就是說嘛。雪菜和夏音還有淺蔥都很強。」

「是吧？所以嘍，我們起碼要避免拖累他們才行。」

「就是啊。對不起，矢瀨……都是因為我很慌亂……」

凪沙說著便垂下了肩膀。她大概是想起自己在過度換氣而失去意識的前一刻，曾經陷入恐慌狀態吧。

別在意啦——矢瀨隨意揮了揮手說：

「不不不，那才是普通女生會有的反應吧。淺蔥她們只是神經太大條啦。」

「可是……！」

凪沙帶著鑽牛角尖般的表情用力起身。

瞬時間，她頭上發出了「叩」的沉沉一聲。

「好痛喔……這是什麼？」

凪沙用雙手捂著頭頂，還含著眼淚看向頭上。

在那裡的是聚氯乙烯製的管線。挑高原本就不高的地下通道天花板一帶，有好幾道管線及纜線排列得井然有序。

「那大概是瓦斯管啦。這裡是用來維護都市機能的地下通道，雖然天花板又低又很難走路，不過，總比在地面上移動安全吧。」

「可是，路要怎麼走？有地圖之類的嗎？」

凪沙一邊凝望昏暗的通道前方一邊不安地反問。

矢瀨有些得意似的指了自己的太陽穴。

「大致的地形我都記在腦子裡。」

「咦！好厲害喔，矢瀨！我第一次覺得你很帥！」

「之前都沒有嗎！」

凪沙老實過頭的讚賞使得矢瀨露出不滿的臉色。

「唉，無所謂。反正我有年長的女友。」

「……那個女朋友是真有其人嗎？不是你想像出來的存在？」

「實際存在啦！」

凪沙露出存疑的眼神，讓矢瀨氣得回嘴。隨後他用沒人聽得見的低微音量補了一句：假如人還活著啦。

閑古詠身為獅子王機關的「三聖」，想必不會靜觀末日教團和「吸血王」暗中搞鬼。

但基石之門已遭破壞，紘神島的都市管理系統也被竊奪了。能想到的可能性只有一種——連古詠都沒能打倒「吸血王」。

矢瀨雖在意她落敗後的安危，目前卻沒有手段能確認。更重要的應該是先保護曉凪沙。

「凪沙，妳的身體狀況怎麼樣？能走路嗎？」

「嗯。我是不要緊——」

凪沙低頭看了自己的身體確認有無傷勢。即使把剛才撞到頭算進去，似乎也沒有明顯的外傷。

然而凪沙卻發現四周瀰漫血味，就心煩地繃緊臉孔。她發現在矢瀨襯衫上暈開的血跡，眼睛因而睜得斗大。

「矢瀨？你的傷，是怎麼來的！」

「喔，這個啊，逃到一半被狼愚聯盟的餘孽追上，受了點小傷。」

矢瀨捂著左肩苦笑。獸人用利爪使出的一擊。

那貫穿了氣流構成的防禦，挖開的傷口從左邊肩胛骨至腰際。

幸好有避開要害，但目前仍在流血。矢瀨會躲在地下道無法行動，就是這道傷所致。

「難道說，是因為你帶著人家逃跑……？」

凪沙用畏懼似的語氣一問，矢瀨便連忙搖頭。

「錯了錯了。那些人好像誤以為我們跟末日教團是同伙的，跟妳沒關係啦。反而還有可能是因為我帶著妳逃，對方才肯放我們一馬。」

「……矢瀨，等一下。」

凪沙用認真的口氣叫住硬要起身邁步的矢瀨。她眼裡浮現像要掩飾不安的決心之色。

「咦？」

「你把衣服脫下來。」

「……衣、衣服？」

襯衫下襬被凪沙抓住，矢瀨露出猶豫的神情。傷腦筋耶——他搖著頭，把手伸向腰帶。

「不不不，妳有心報答是滿令人感激的啦，但這樣不好吧。畢竟我有心愛的女朋友，要我改叫古城大舅子也會有點抗拒……」

「你在說什麼？還有，你幹嘛解開腰帶？要脫的是襯衫！我要幫你治療！」

「是、是喔……？」

儘管矢瀨被凪沙輕蔑似的瞪了，還是乖乖照做。

他板著臉隱忍傷痛，一邊脫掉被血沾得濕黏的襯衫。

「妳說的治療是用什麼方式……？即使要止血，範圍也太廣了吧？」

「把背露出來就對了。或許會有點痛，你要忍耐喔。」

凪沙讓矢瀨當場坐下，然後將手湊到他的背。面對沾滿血的傷口也毫不畏懼，還調適呼吸閉上眼睛。

凪沙的指頭碰到了矢瀨的背。下個瞬間，矢瀨因劇痛而板起臉。有靈力透過矢瀨背後的經脈洶湧注入。

「這是……治癒咒術……？妳怎麼會用這招……！」

「我學過。向深森媽媽學的。在我以前讀小學的時候。」

凪沙斷斷續續地回答痛得聲音變調的矢瀨，似乎是因為專注於治療就分不出心思講話。

「對喔……深森阿姨是具有過度適應能力的醫生嘛。」

矢瀨信服地嘀咕。

曉家兄妹的母親曉深森是魔導醫師，任職於大型企業ＭＡＲ公司的醫療部門。據說她身為醫療系的接觸感應能力者相當有建樹。

凪沙繼承了母親的能力這一點，矢瀨也有掌握到情報。然而，這是他第一次實際目睹凪沙用那種能力。

「嗯。還有奶奶也教了我一點咒術治療。不過都是基礎的技巧，所以別太期待效果喔。古城哥小時候老是受傷，我才學起來的。」

凪沙缺乏自信地說。

矢瀨在心裡暗自咋舌稱奇。凪沙的祖母曉緋沙乃是日本屈指可數的強大靈能力者。換句話說，雙修靈能力和超能力的凪沙屬於稀有的複合能力者。

在技術上理應尚未成熟的凪沙用起治癒咒術會這麼有效，就是因此所致。

「……是嗎？那我也得感謝古城那傢伙了。」

矢瀨忍著持續不斷的痛楚，還嘻皮笑臉地告訴凪沙。

凪沙卻焦急地揚起眉毛。

「那可不行。你別跟古城哥說這件事喔。」

「為什麼？我覺得他會高興耶，因為那傢伙最疼妹妹了。」

「所以我才不想讓他知道嘛！假如古城哥發現人家的治癒咒術都白練了，對於自己變成吸血鬼體質就會很在意吧——」

「啊～～……對啦，或許是這樣。」

矢瀨對凪沙的話表示同意。

古城變成吸血鬼真祖以後，早就擁有接近不死之軀的痊癒能力。凪沙學會的治癒咒術對他已經沒有意義了。

得知這一點，古城應該會難過。他會感慨自己讓妹妹的努力白費了，而不是難過自己變成了魔族。

凪沙就是明白這一點才想隱瞞自己的能力。

然而，這跟古城過去的意圖一模一樣。古城會想隱瞞自己變成吸血鬼的事，就是為了他唯一的——患有魔族恐懼症的妹妹。

「欸，矢瀨，你在笑什麼啊？」

凪沙看矢瀨毫無自覺地笑出來，就不滿地鼓起腮幫子。

矢瀨默默聳了聳肩。肌肉感覺還有點僵硬，但已經不會覺得痛了。在短短不到十五分鐘的時間內，他的傷幾乎完全癒合了。

「猛耶。得救啦，這樣似乎可以撐好一陣子。」

「太好了……」

凪沙看矢瀨恢復過來，便捂了胸口。

雖然用不熟練的咒術讓凪沙有點喘，但使用治癒咒術似乎不會消耗體力。凪沙的靈力原本就強大得可以接納人造吸血鬼（奧蘿菈）的靈魂，這對她來說應該算小意思。

「然後呢，我們接下來要怎麼辦？」

「關於這個嘛，我打算先去特區警備隊離這裡最近的辦公處。古城他們的下落也讓人在意，可是就我們兩個到處走動太危險——」

矢瀨一邊穿上破掉的襯衫一邊說明今後的方針。

那句話說到一半忽然中斷了，只見矢瀨沉默下來的臉色越來越嚴肅。

「……矢瀨？」

「不妙。有追兵。」

「你說有追兵……」

「對。狼愚聯盟的存活者。」

矢瀨認真無比的話語讓凪沙繃起臉。

「可是，我什麼都沒聽見耶……」

「我的耳朵是特製品嘛。小角色也會有自己的絕技。我們快走。」

矢瀨牽著凪沙的手碎步趕路。

高個子的矢瀨走在地下通道，天花板會嫌太低，但也怨不了那麼多。

進入地下通道的獸人恐怕有四名左右，幾乎可以確定是狼愚聯盟的底層小兵。他們似乎是循著矢瀨的血跡找到了地下通道的入口。

幸虧有凪沙的治癒咒術，矢瀨傷勢出血已經止住了。

在地下通道回響的腳步聲也能靠矢瀨的能力消除。

然而獸人們追蹤的動靜卻沒有停息。在迷宮般錯綜複雜的地下通道中，他們正毫不猶豫地沿著最短路徑追過來。

「居然循著我們的氣味跟上來了嗎？可惡……！」

矢瀨臉上浮現焦慮之色。再這樣下去，被追上是遲早的事。

「矢瀨……太逞強的話，你的傷口又會……！」

凪沙看矢瀨呼吸急促，便不安地開口提醒。

咒術提供的治療終究只能應急，受傷失去的體力及血液並不會憑空復原，剛癒合的傷口也未必不會再裂開。

更何況，追殺矢瀨他們的是以體力高過人類為豪的獸人。目前矢瀨他們已經有所消耗，甩掉對方的可能性不高。

「賭一把看看，我們到地面上吧。總比在這種地方被逼到絕路好。」

「……我明白了。」

凪沙乖乖地對矢瀨的提議點了頭。

矢瀨一邊用能力盡量多留下足跡誤導對方，一邊走向地下通道的出口。

爬上金屬梯，然後打開人孔蓋。背後的傷口又在作痛，狀況卻不容叫苦。

於是在爬到地面上以後，矢瀨瞪大了眼睛。

因為四周的模樣與他熟知的絃神島景象截然不同。

照料周到的盛開花圃；陌生而不可思議的眾多行道樹。

統一成粉彩色調的建築物，還有鑲了五顏六色彩磚的繽紛道路。

用地內的路燈與標誌經過細心雕刻，營造出有如從童話故事擷取而出的花俏氣氛，看起來既像迎合兒童的主題樂園，也像教育機關。實在令人難以形容的奇妙地方。

「……這裡，是什麼地方啊？」

儘管矢瀨對異樣的景觀感到困惑，還是伸出手幫忙把凪沙拉到地上。

凪沙似乎也對周圍景觀訝異得說不出話，但她的表情立刻就僵掉了。

有七個身上難以親近的打扮跟花俏景觀並不搭調的男子，像要包圍矢瀨他們一樣從建築物的死角出現。

「矢瀨！」

「糟糕……底下那些人，原來是負責把我們趕上來的誘餌嗎……！」

矢瀨察覺從地下通風口冒出的雜音，就嘀咕了一句。

人類耳朵幾乎聽不見的高周波聲音，其真面目是獸人之間用於溝通的遠吠。對方利用這種聲音，一直在配合地面上的同伴行動。矢瀨他們就這樣被誘進了包圍網。

「呀啊啊啊啊啊！」

凪沙被從樹上跳下來的獸人撕開上衣，害怕得尖叫。

「混帳！」

矢瀨吞下能力增幅藥，對襲擊過來的獸人發動攻擊。

操控大氣催發的不可視風刃。這並非殺傷力強的能力，不過仍有輕易劃開獸人的堅韌皮膚的威力。

外露的雙臂與臉皮開肉綻，使得獸人踉蹌後退。

然而，那只是讓他的同伙更加激動而已。

「臭小子——！居然敢傷我們的同伴——！」

「宇垣的手下也滿有一套的嘛！」

「幫首領報仇，殺了他～～～！」

激憤的獸人們一邊怒吼一邊殺向矢瀨。

矢瀨絕望地悶哼。操控氣流的能力不適合用於近身作戰。在這種距離下，自己的壓箱絕招重氣流軀（Aerodyne）也無法施展。

為了保護凪沙，矢瀨把她推到身後，還抱著犧牲的覺悟準備胡亂地釋出大氣風刃。

就在動手的前一刻，震耳巨響傳遍四周。

「唔啊啊啊啊啊啊！」

「嘎啊啊啊啊！」

鋪有繽紛彩磚的路上濺起了無數火花。

獸人們手腳噴血，還被轟得離地飛起。

對人機槍開火射擊。從預料外的方向挨中槍彈，狼愚聯盟的餘孽陷入了恐慌。

發不出聲的矢瀨只能望著那一幕。他不明白發生了什麼事。

『——竟敢對弱女子出手，這班狂徒令人不齒是也。』

從矢瀨等人頭上傳來了像在演古裝劇的台詞。

粉彩色調的建築物上頭出現了一具看似巨大烏龜的矮胖機械。對付魔族的個人用兵器（Personal Weapon），漆成鮮紅色的超小型有腳戰車（Micro Robot Tank）。

「你這傢伙是什麼來頭！」

獸人捂著受傷的雙臂，仰頭朝上方的戰車怒罵。

稚氣未脫的冷冷嗓音回答他的問題：

「——踏進別人的領地還問我是什麼來頭，真是群沒禮貌的人呢。」

圓滾滾的戰車背上站著嬌小人影。身穿名門小學制服，還戴著小巧貝雷帽的稚嫩少女。

獸人們注意到她的外表，便亂了陣腳。

「她說……別人的領地？」

「天奏學館……！不妙了，這裡的領主……我記得是……！」

獸人們的話還沒說完，少女就在背後展開了翅膀。以魔力交織成的漆黑翅膀。

以此為信號，幾十頭魔獸成群結隊出現在她身後。

妖鳥(Harpuia)、黑妖犬(Hellhound)、惡靈犬(Barguest)、朱厭——全是傳說中絕不會被人類馴服的凶暴魔獸。

絃神島上的企業原本飼養了少數用於研究的這類魔獸，少女就澈底支配牠們，使其聽命於自己。

「世界最強的『夢魔(Succubus)』……！『夜之魔女(莉莉絲)』！」

狼愚聯盟的那些餘孽嚇得發出哀號。

他們帶著受傷的身體開始連滾帶爬地逃走。矢瀨和凪沙則是難以置信地目送那些人的悽慘背影。

魔獸們聽從張開漆黑翅膀的少女在無言中的指示，去了其他地方。

此時，矢瀨也察覺這座花俏建築物的玄虛了。

據說是由海外的知名建築師所設計，品味高得讓人摸不著腦袋的校舍。矢瀨他們在迷途中闖進了絃神市屈指可數的名門私立小學校地之內。

戴貝雷帽的少女翩然降落在呆立不動的矢瀨他們面前。

「原來……妳是這塊領地的領主……？」

「結瞳……！」

矢瀨帶著驚魂未定的表情提問，而凪沙喚了少女的名字。

「好久不見，凪沙姊姊。還有頭髮尖尖的人。」

夢魔少女——江口結瞳對凪沙低下頭，規規矩矩地行禮問候。

隨後，結瞳指向背後的校舍，自豪地告訴他們：

「歡迎來到天奏學館。」

4

融解的柏油路面湧出了刺鼻異味與白色蒸氣。

歷劫過後的灣岸警備隊基地跑道。在兩頭眷獸發生衝突的原爆點，古城孤伶伶地站著。周圍原有的建築物及機材一律倒塌毀壞，只留下殘骸。

末日教團的使徒們與自稱「吸血王」的少年，還有狼愚聯盟的那些獸人也不見蹤影。在場能動的，就只有古城一個人。

「——姬柊，妳在哪裡！」

古城徘徊於瓦礫間喊道。

嚴重受損的增設人工島斷成好幾塊，大多正逐漸沉沒到海裡。原爆點附近的島塊仍然平安，但也不知道能撐多久。

「矢瀨！淺蔥！凪沙！叶瀨！出聲回答我！拜託！」

古城喊到聲音都沙啞了。

相較於眷獸之間的魔力相互抵消掉的原爆點附近，周圍所受的損害比較大。尤其直接遭爆壓襲擊的灣岸警備隊基地更是損害慘重，廉價的組合屋完全倒塌，幾乎不留原形。

古城感到強烈不安，一邊朝著建築物殘骸靠近。

他的腳步會突然停下是瀰漫在四周的甘甜空氣所致。

聞起來具人工感，又有些懷念的氣味。

「什麼香味啊？這是……草莓嗎……？」

這陣氣味與現場太不搭調，讓古城大感混亂。氣味的來源不只一處，果實的甘甜香味混在絃神島特有的海風吹了過來。

被黎明幽幽照亮的海面上呈現出有如食用色素溶在其中的優美淡紅色。

海水狀似已經結凍凝固，彈性十足的抖動取代了波浪起伏。

異常的光景實在不像現實。雖然荒謬，感覺卻不恐怖。增設人工島周圍的海水變成了草莓果凍——只是這樣而已。

而且古城用不著推理就知道引發這種現象的犯人是誰。辦得到這種荒唐把戲的人，只有能操控「聖殲」的她。

「淺蔥嗎……？為了不讓掉到海裡的那些人溺水……？」

為什麼是草莓果凍啊——古城雖然感到疑問，還是稍微放了心。既然會用上「聖殲」，表示淺蔥至少是平安的。

不曉得淺蔥是怎麼跟摩怪恢復通訊的。但是，既然她取回了身為「該隱巫女」的力量，就算對手是末日教團，要落於劣勢應該也不容易。淺蔥大有可能已經橫越果凍化的海，逃到了絃神島本島。

古城期待電話恢復功能，就拿出自己的智慧型手機。訊號依舊顯示為圈外狀態。

可是在那個瞬間，他感覺到附近有人呼喚。從倒塌的建築物殘骸裡傳來了少女微弱的呼喚聲。

「大哥！是大哥嗎！」

「……叶瀨嗎！妳在哪裡！」

「大哥……！我在這裡。」

古城靠著夏音斷斷續續傳來的聲音，跨過了堆積成山的瓦礫。

可以看見有個銀髮的嬌小少女就坐在地上。雖然她全身都被沙土弄髒了，看起來倒沒有受傷。然而，令人在意的是她的表情十分陰沉。

「妳沒事吧，叶瀨！」

「是的，我還好。不過……」

夏音對古城的問題點了頭，然後望向自己前面。

有個打扮陽剛威猛的壯漢倒在那裡——傷得渾身是血的宇垣趴臥在地上。

察覺古城接近的宇垣抬起臉，安心似的無力笑了笑。

「老大……太好了，原來你沒事。不愧是老大……」

「宇垣？你……！」

古城目睹宇垣淒慘的模樣，說不出話來。

他的下半身被建築物的牆壁壓在底下，上半身則被斷裂的鋼筋插入，從背後貫穿到胸膛。假如不是生命力強韌的巨人種，傷勢這麼重即使當場斃命也不奇怪。

「建築物倒塌時，他挺身保護了我。因此……才變成這樣……」

夏音握著宇垣的手，難過地垂下目光。

她所說的話讓古城有些訝異。像宇垣這樣的男子會對認識沒多久的夏音賭命相救，令人感到意外。

「我懂了。叶瀨，妳後退一點。」

古城右手籠罩紅色魔霧，並出聲警告。

夏音乖乖聽他的話。宇垣顯然在害怕，但是動彈不得的他什麼都做不了。而且，古城也沒有空閒跟他講話，因為第四真祖的魔力強大過頭，要細膩掌控比毫無限制地解放困難。

為了盡量減少對四周的損害，古城在慎重瞄準後釋出魔力。深紅霧氣化為暴風，將壓在宇垣身上的建築物殘骸連同周圍瓦礫一同捲走。

「嘿嘿……老大好厲害……」

宇垣被滿天瀰漫的沙塵嗆得猛咳，一邊發出感嘆。

而古城扛起宇垣壯碩的身軀。他的胸膛至今仍插著近兩公分粗的鋼筋，但古城判斷不拔出來比較好，拔了也只會讓出血更嚴重而已。

基本上，即使保持原狀也無法保證他就能得救。

「喂，宇垣！振作點！你自豪的痊癒能力到哪去了！」

「哎，流這麼多血，難免還是會覺得難受啦。再說我的同伴都跑了。」

宇垣自我消遣地陪笑回答。古城用肩膀撐著他，將巨人種的壯碩身軀抬了起來。宇垣的腿似乎是斷了，沒辦法自己走。

「可惡，叫救護車……也不會來吧。你等著，我現在立刻帶你到醫院！」

「嘿嘿……抱歉，老大……」

古城扶著體重快比自己多一倍的宇垣，搖搖晃晃地邁出腳步。

就在此時，夏音受了驚嚇似的將視線朝向頭上。

「大哥！」

「咦？」

古城疑惑地瞇起眼睛。

詭異的聲響從頭頂上灑落。令人聯想到巨大蜜蜂的鼓翅聲聽起來震耳欲聾。

從總算開始泛白的早晨天空降下了幾架白色人造物。在絃神島上鮮少為人所見的大型直升機對列。

「這些傢伙……是什麼來歷……？」

古城困惑地杵著不動。

飛來的直升機共有六架，它們各自在增設人工島上找了地方下降，並在著陸前改以滯空飛行停留於半空。機體垂下纜繩，身穿白色魔法防護服的一群人從天而降。

當中也有人帶著武裝，但他們的目的似乎不是拿下領地。那些人在搜索狼愚聯盟的傷患，並開始進行救助及治療。

不久，他們有人注意到古城這邊，就用單手拿著無線電接近過來。

「……你們是領主選鬥的參加者吧？這裡有領主人選嗎？」

「這傢伙是啦。我跟她只是路過而已。」

被救助隊中疑似小組長的人一問，古城便指了宇垣。

小組長面無表情地點頭。

「飛雁一號向雁首報告。發現三名生存者。一名重傷。請派回收機支援。」

『雁首收到。讓鴨群過去支援。』

「……你們是什麼人？」

古城一邊聽他們透過無線電互動一邊問道。

裝備也好，組織力也好，他們怎麼看都不是普通人。然而，感覺也不像特區警備隊或日本政府的攻魔師。絃神島上有像他們這樣一群人存在本身就令人訝異。

「我們是選鬥管理委員會。」

「……選鬥管理委員會？」

「負責管理領主選鬥相關業務的中立機關。在人工島管理公社停擺的期間，請把我們當成代其執行部分機能的單位就好。」

「表示你們跟末日教團是一伙的？」

古城戒心畢露地瞪了小組長。對方卻淡然否認：

「這就錯了。我們只是受了委託來支援『魔族特區』的居民。」

「你說……支援？」

「具體來講就是配給水、糧食及衣物一類的物資；保護並治療傷患；維修魔族登錄證，大致上是這樣。實際的作業主要是由ＭＡＲ職員負責。」

「ＭＡＲ嗎？」

訝異之色在古城臉上漫開。然而，他同時也有釋懷之感。

ＭＡＲ——Magna Ataraxia Research公司，是代表東亞的大型企業，研發範圍從醫療用品含括到戰鬥機，屬於全球屈指可數的魔導產業複合體。

雖然說要代理的只有人工島管理公社的部分機能，但是除了他們ＭＡＲ以外，再不可能有其他企業能勝任這項工作。所謂的選鬥管理委員會在裝備還有組織力方面能如此充實，謎底也都解開了。

「你剛才說，你們這些人受了委託？」

「對。」

「業主是誰？」

「我有守密義務。」

小組長公事公辦地回答古城接二連三的問題。

在這段期間，他底下的救助隊員拿了板狀的小型行動裝置抵著宇垣。

「傷患比對完成。馬克・宇垣，隸屬人工島南區57號領域。種族為山怪——你是否承認

自己已從領主選鬥出局？」

面對救助隊員的提問，宇垣虛弱地點了頭。

宇垣倒在搬來的擔架上頭，仰望古城並故作熟稔地笑了笑。

「老大，之後拜託你了。請你代替我……成為絃神島的真正領主……嘿嘿。」

「喂，宇垣……！」

我不記得有跟你約定過這個——古城還來不及這麼回嘴，扛著宇垣的擔架就被回收用機器人抬走了。

自始至終都一樣厚臉皮，又愛擅作主張的山怪，卻是個讓人討厭不起來的男人。

而且更重要的是，他還賭命設法救夏音。像這樣似乎欠了他人情，古城心裡總覺得不踏實。

「你是這塊領地的領主人選？」

小組長朝看似不知所措而呆站著的古城問。

「呃……我……」

古城態度含糊地搔頭。他可不記得自己有參戰，但是以結果而言，讓宇垣和狼愚聯盟出局的人或許就是他。

嗯——小組長點頭，然後將某樣東西遞給古城。那是用來裝在魔族登錄證上面的薄薄資料卡。

「這是從他的魔族登錄證繼承過來的資料，先給你保管。」

「……了解。我會替他保管。」

古城語帶嘆息地收下卡片，接著他看了被送上直升機的宇垣。

「你們打算帶那傢伙去哪裡？」

「ＭＡＲ的醫療船。停靠在絃神新島的臨時港口。」

「能不能將這個女生帶到那裡接受保護？」

古城靈機一動，指了旁邊的夏音。絃神島成了領主選鬥的舞台，古城覺得與其讓夏音留在島上，還不如把她交給ＭＡＲ照顧安全。

「基於契約，我們難以接納這一類要求。」

小組長冷冷地告訴古城，態度不通人情。

「保護臣民是領主的職責。假如你沒有自信將她保護好，就要拜託其他領主人選。」

「！……！」

小組長的說詞太過單方面，古城忍不住想要反駁。

而夏音用力摟住古城的左手，彷彿小狗害怕被飼主遺棄的反應。

「我要跟大哥在一起，直到——死亡讓兩人分離。」

「呃，不對吧，妳這句話……」

有沒有表錯意啊——古城困惑地看了夏音。

從她認真的表情感受到強烈意志，古城便不再多勸。

「……我明白了，一起去找凪沙他們吧。反正選鬥管理委員會的人也不知道能信任到什麼地步。」

「好的。」

古城夾雜認命味道的話語讓夏音滿臉欣喜地點了頭。

選鬥管理委員會的救助部隊毫不吝惜地投入了看似昂貴的機材與機器人，正在搜索整座增設人工島。與其由古城他們到處找人，交給這些人顯然更有效率且實際。萬一他們無法尋獲，應該就可以判斷雪菜等人已經不在這附近。

「其他人都踏著這層果凍橫渡到絃神島本島了嗎……或許是被狼愚聯盟的存活者追殺才逃跑的吧。」

古城望著仍舊凝固的海面，生厭似的嘆息。從淺蔥動用「聖殲」這一點來看，也能得知她們大有可能已經到了絃神島本島。

問題是，沒有任何一條遺留的線索可以查出她們目前的所在地。

「大哥……有狼在那裡！」

「……啥？」

夏音望著果凍化的海水大喊，古城茫然地看了她所指的方向。

「狼？紘神島上怎麼會有那種動物……」

古城停下了存疑的嘀咕。被黎明光芒照耀的半透明海面上，確實有狼站在那裡。長著銀色毛皮，且帶有金屬光澤的狼。

「是姬柊的式神嗎！」

古城察覺那頭狼的真面目，臉色就變開朗了。跟以前雪菜用的式神一樣，那是以咒術催生出來的遙控使役魔。

「牠似乎在叫我們跟過去。」

銀狼一邊朝背後的古城他們頻頻回頭，一邊朝紘神島本島跑去。如夏音指出的，牠是在呼喚古城他們。

古城追在式神後頭，跳到了凝固的海面上，夏音也立刻跟上去。

式神見狀便加快速度。不愧其狼型的外表，腳程實在迅速，一鬆懈似乎就會立刻跟丟。

「可惡，牠好快！叶瀨，麻煩妳忍一下！」

「咦？」

儘管古城曾遲疑短瞬，還是伸手摟了夏音的腰，然後將她抱起。與其配合夏音的步調，古城判斷由魔族化的自己抱著她跑會更快。

「別放手喔！」

「好、好的……！」

夏音紅著臉緊緊勾住古城的頸子。

古城對她柔軟舒服的觸感感到有些心慌，但仍加快了腳步。

5

「唔……好……好難受……」

藍羽淺蔥用兩手捂著腹部，搖搖晃晃地靠到牆際。現在是在通往彩海學園的長長坡道中途。

「藍羽學姊？」

走在淺蔥前面的雪菜吃了一驚回過頭。

淺蔥「喀嚓喀嚓」地解開裙釦調鬆，然後才看似自在地鬆了口氣。她回望雪菜的眼裡浮現了傻眼與羨慕之色。

「啊～～……不行。果然穿不下！姬柊學妹，妳未免太瘦了吧！腰圍多少啊？」

如此開口的淺蔥身上穿著彩海學園的制服。

然而那並不是淺蔥的制服，而是跟雪菜借來的。

淺蔥她們逃離增設人工島以後就先到了雪菜住的公寓。以位置來說夠近，而且雪菜也有必要充實身上的裝備。

兩人順便也在雪菜的房間沖了澡，還換下破破爛爛的便服。

借彩海學園的制服來穿並沒有什麼特殊用意。雪菜儲備了非常多套全新的制服，卻幾乎沒有便服，因此會變成這樣是在所難免。

棘手的是，雪菜的制服尺寸比淺蔥小了一圈。

「要不要用別針呢？」

雪菜不忍心看淺蔥活動不方便，就客氣地問道。

「免了。沒關係啦，將裙釦調到最鬆似乎還過得去。我都失去自信了。」

「不，藍羽學姊個子比較高……呃，所以胸部也……」

「妳不用費心喔，重要的是謝謝妳借我制服。再說多虧有妳才能沖澡，原本我還在想全身都是果凍味要怎麼辦呢。」

淺蔥微微露出苦笑，用流露出疲倦的語氣說道。

時間接近上午十點。淺蔥等人返抵紘神島後才過了六個小時。

可是，在這短短的時間內實在發生了太多事情，加上到目前為止幾乎都沒有休息，累積的疲勞感覺比得上好幾天份。

「希望曉學長還有凪沙都能看到那封信。」

揹著預備吉他盒的雪菜用祈禱般的語氣嘀咕。

就是啊——淺蔥點了頭。

位於雪菜住處隔壁的曉家信箱，有淺蔥她們寫下所知情報的信塞在裡面。信中也載明了淺蔥她們前往彩海學園一事。

只要古城等人讀了那封信，應該就能在彩海學園會合。前提是所有人在那之前都平安就是了——

「唉，至少古城是殺也殺不死的嘛。再說有妳跟叶瀨學妹保護，基樹和凪沙應該都沒事。萬一有誰受了傷，選鬥管理委員會也會提供救助才對。」

淺蔥刻意用開朗語氣說出抱有希望的預估。

是的——雪菜微微點頭，然後憂愁地垂下目光。

「學姊是指……MAR嗎？」

「嗯，就是那些人。」

淺蔥簡短回答之後，就默默地走了一陣子。

領主選鬥的機制還有選鬥管理委員會的存在，從摩怪留在淺蔥手機裡的資料已經大致釐清了。是有縝密計畫作為基底的宏大陰謀。

當然，事前理應需要相當的時間做準備。

也就是說，成立了選鬥管理委員會這個組織來支援領主選鬥的ＭＡＲ從以前就曉得末日教團的存在。

這樣的事實在淺蔥她們心裡留下了陰影，因為曉家兄妹的母親曉深森就是ＭＡＲ的員工。兩人並不願認為她有協助領主選鬥，卻又缺乏積極否定的根據。

「哎，畢、畢竟ＭＡＲ也是大公司啊，不同部門的員工做了些什麼，就算不曉得也沒什麼好奇怪嘛。」

「就、就是啊，成立選鬥管理委員會應該是極機密的業務才對。」

「對呀對呀。再說，深森伯母或許是以醫療團隊的立場在幫忙治療傷患。對古城他們來說，大概算好消息，感覺比留在絃神市內安全。」

「是啊，希望真的是這樣。」

雪菜像在說服自己一樣這麼表示。

彩海學園所在的人工島南區屬於有許多住宅、學校及醫院聚集的居住區域，原本在假日這個時段，應該會充斥著休閒玩樂的人們，也會更有活力才對。

但街上人影稀疏，交通量也低得不尋常。居民大概是害怕受領主選鬥波及，都躲在家裡或避難處。

即使如此，跟狼愚聯盟徘徊的區域一比，感覺氣氛就沒那麼肅殺了，街上的設施及建築物也都沒有出現醒目的損害。

看來這塊領地的領主人選似乎是相對穩健的人物。

「藍羽學姊。」

在寬闊的路口拐彎以後，雪菜停下了腳步。可以看見彩海學園的校舍了。

「總算到了呢。」

淺蔥慵懶地聳了聳肩。由於大眾交通工具停止運作，她們多花了滿久的時間。即使如此，還是到了目的地。

「幸好沒有被多餘的戰鬥波及。」

「是啊……總覺得這一帶氣氛還滿和平的呢。」

仍躲在行道樹後頭的淺蔥她們對校舍進行觀察。她們怕彩海學園可能已經被狼愚聯盟那樣的領主人選占據了。

可是，即使要冒著跟領主人選交手的危險，淺蔥依然有理由來彩海學園。

因為彩海學園有魔族特區研究社——通稱魔族社的社辦。

而且在魔族社的社辦擺有可以和人工島管理公社的電腦系統連線的最新工作站。那是矢瀨為了防範像這次的緊急事態才帶去的。

坦白講，即使用了魔族社的設備，要奪回被末日教團占據的都市管理系統，可能性依舊不算高。就算行不通，要收集領主選鬥的情報還有支援古城，應該還是可行的。

不過，她們得先從入侵彩海學園著手。

「學校裡的狀況，從這裡實在看不出來嘛。」

淺蔥凝神想窺探校舍當中，卻因為障礙物太多，什麼也看不到。可以得知的就只有校舍外觀別無改變這一點。

「我將偵察用的式神放出去探探狀況，雖然有可能被逆向偵測到咒力的來源就是了。」

雪菜放下揹著的吉他硬盒，從中取出銀色式符。

接著，在雪菜準備喚出式神的瞬間，她的表情就像被雷打中一樣僵掉。

「藍羽學姊，快趴下——！」

「咦！」

淺蔥突然被雪菜推開，摔倒在地上。

雪菜的式符當著茫然回頭的淺蔥眼前爆開了。

淺蔥見狀，才總算明白發生了什麼事。她們被人狙擊了，而且用的並非普通槍彈，而是以狙擊魔法發動的槍擊。

「難不成，是其他領主人選出手攻擊了？」

「請學姊就這樣別動！」

雪菜厲聲警告淺蔥，並拔出了銀槍。她從子彈飛來的角度確認狙擊手潛伏的位置，打算接近對方。

然而，雪菜從行道樹後頭衝出以後，卻突然停下動作。她發現頭上有新的敵影來襲。

「——獸人！」

襲擊者的跳躍力想來絕非常人，使淺蔥發出驚呼。

對方身形嬌小卻具有驚人的速度，還出腳踹在建築物及行道樹的枝幹，從意想不到的角度拉近距離。

「白兔腳二番『玲月』！」

「——若雷！」

雪菜察覺用槍來不及防禦，就改用形似上鉤拳的架勢曲臂揮拳，迎戰出腿的襲擊者。

雙方以灌注魔力與咒力的強烈攻擊對轟。然而，相對於懸空的襲擊者，雪菜兩腳接地，因此在出手的威力上似乎也就勝了幾分。

「喵！」

襲擊者發出有點耍寶的尖叫，身體嚴重失去平衡。

雪菜持槍放低姿勢，想趁對手著地的瞬間追擊。彷彿正等她來這一手，有股驚人魔力從背後的死角席捲而來。

一開始的狙擊與來自頭上的襲擊，單純都是為了引開注意力——

敵方真正的目的是這人發動的第三波攻勢。

要稱為奇襲，其鬥氣實在太過明顯，雪菜雖略感困惑，還是游刃有餘地做出反應。

第三名襲擊者是穿著醒目白色長外套的身影，模樣不由得讓人聯想到末日教團。對方手握深紅發亮的長劍，劍刃起伏如火，而且帶有難以置信的龐大魔力。

「覺悟吧，入侵者！這是替優乃同學報仇！」

「『雪霞狼』！」

雪菜用長槍擋下深紅長劍的一擊。劍刃隨斬擊釋出的爆發性魔力，被「雪霞狼」以神格振動波化解。

異樣的手感讓手持長劍的少女顯露出心慌的動靜。那是披著鈷藍色長頭巾，白髮清秀脫俗的少女。

「竟然接下了『炎喰蛇（Hauras）』！身為入侵者，本事倒是值得誇上一句！不過——」

少女在劍上使勁，打算強行逼退雪菜。

雪菜看了她的臉，吃驚地叫出聲來。

「……咦！」

「咦？」

同時，少女似乎也認出雪菜了。她猛睜令人印象深刻的大眼睛，還凍結似的停下動作。

雙方的武器仍撞在一起，雪菜和少女就這樣默默地望著彼此。

尷尬的沉默降臨在兩人之間。

「香菅谷……同學？」

「姬柊雪菜？妳……是這塊領地的入侵者……？咦？」

就讀彩海學園國中部的鬼族少女(Ogress)——香菅谷雫梨・卡思緹艾拉帶著仍一頭霧水的表情，收回了劍。

「……領地？咦？」

雪菜也疑惑地放下長槍。從一開始遭到狙擊還不到十五秒。短暫的時間內發生太多狀況，讓人來不及理解。

「呃……什麼跟什麼嘛？」

淺蔥判斷戰鬥似乎已經結束，便拍掉塵土站起身。

「梨梨，我還活著耶……」

從路邊樹叢冒出來的天瀨優乃一邊解除獸化一邊露出苦笑。

最後現身的則是扛著狙擊槍型咒術投射機（Spell Thrower）的宮住琉威。

琉威一臉酷樣地朝呆站著的淺蔥與雪菜微笑。

接著他伸出浮現咒紋的手掌，彷彿在要求握手，還一邊告訴淺蔥：

「嗨，妳回來啦，『電子女帝』——香菅谷領域歡迎妳們。」

第三章 角逐者們

Ruler Rankings

1

聽得見淋浴的聲音。

有陌生人留下香水味的房間。

室內被氣氛十足的間接光源照亮。寬敞的特大號床鋪；卡拉ＯＫ、電玩主機以及大電視螢幕等豪華設備——主要供情侶利用的住宿設施，一般所謂愛情賓館的某個房間裡。

浴室整片玻璃的另一邊有銀髮少女在淋浴。她要洗去在增設人工島戰鬥時蒙上全身的塵土。

為了避免不小心看見她毫無防備的赤裸身軀，始終別開目光的古城正抱頭懊惱。

「為什麼……事情會變成這樣……」

至今仍有些混亂的古城換掉塞在鼻孔吸滿血的面紙。

床邊的垃圾桶裡就快堆滿又紅又濕的面紙，原因出在古城興奮而大量噴出的鼻血。

體態柔韌優美的黑貓看古城這樣，便冷冷地吐氣。

「居然會對小丫頭的裸體興奮到噴鼻血，堂堂世界最強吸血鬼弄成這樣還真是丟臉。」

「還不都是妳害的！妳害的啦！」

古城一邊用手猛拍床墊一邊湊到貓旁邊。

有雙閃耀般的金眼，態度還亂有人味的黑貓，其真面目是受僱於獅子王機關的攻魔師，同時也是收雪菜等人為徒的長生種（Elf）——緣堂緣的使役魔。

身為超凡魔法師的緣是從相隔幾百公里外的日本本土，透過這隻貓的身體在跟古城對話。據說使役魔這類精神連結系的魔法，一旦完成連結（Link）就難以受到物理距離的影響，但這依舊是有違常識的能力才對。

趕在增設人工島瓦解的前一刻將古城他們帶離的狼型式神是緣在操控，而非雪菜。既然她跟雪菜是師徒，兩人會用相同的術式也沒什麼不可思議。如果要說是古城自己鬧了這場誤會，那也就結了。

話雖如此，緣大概是故意要讓古城搞錯才會這樣安排，為了引他到這裡。

結果，夏音就因此吃了虧。

由於古城跑步時始終把夏音捧在懷裡，使得她眼睛都花了。這算是一種暈車的症狀。

「我也就罷了，但叶瀨只是普通人，怎麼可能跟得上式神那種速度啊！多少也為她想一下吧！」

古城用怨恨的口氣說道。

古城光是要追上毫不留情地疾奔的式神就費盡了力氣，根本沒空留意夏音的身體狀況。多虧如此，當他發現夏音癱倒在懷裡時，嚇得差點連心臟都要停了。結果慌亂的古城就在黑貓的慫恿之下，帶夏音進了愛情賓館。

目的當然是要讓夏音休息，古城並不覺得虧心。順帶一提，獅子王機關莫名其妙地把絃神島上的據點設在愛情賓館街，也是問題的原因之一。

不過古城冷靜一想，就覺得這是讓人百口莫辯又糟糕到不行的狀況。

「放心。無論你接下來要對那女孩做什麼，我都會幫你瞞著雪菜。」

黑貓不負責任地對苦惱的古城投以落井下石的話語。

「是要放什麼心？我什麼都不會做！」

「哎呀，是嗎？」

「……呃，我也有稍微感謝妳啦。畢竟我跟叶瀨在精神上都到了極限，有安全的地方能休息就該感激了。」

古城逼自己靜下心來，並用疲倦的口氣說道。

哼哼——黑貓低聲笑了笑。

「因為這塊領地的領主就是這一帶賓館的老闆，以客人的身分投宿，說來也還算安全。何況賓館好像還僱了一大票凶悍的保鑣。」

「聽了這項情報，我倒是不知道該不該安心。」

古城托腮露出虛弱的苦笑。

這時候，玻璃隔間的浴室門開了，洗髮精的香味飄散開來。感覺夏音洗完澡要回來了。

「大哥，不好意思，我先洗過澡了。」

「妳的身體已經好了吧——唔哇！」

「是的，我已經好了。」

夏音看古城嚇得往後仰，就不解地稍稍偏過頭。

她身上只穿著賓館提供的白色浴袍，白嫩大腿從略短的浴袍下襬伸出，前襟交疊處可以看見淺淺的乳溝。因為她沒穿內衣。

「衣服！衣服呢！」

聲音變調的古城叫了出來。

以夏音的情況來說，由於平時態度清純，像這樣表現出煽情的一面感覺會格外震撼。而且她本身又毫無自覺，那就更糟糕了。

「我都忘了。請大哥也脫下來。」

夏音帶著處處都讓人有機可乘的態度接近過來，並在古城眼前蹲下。

古城努力將臉從她的胸口前撇開。

「呃……那、那樣不行吧，叶瀨。那種事情，妳要跟真正喜歡的人一起做啦。」

「我是喜歡大哥的。」

夏音一副呆愣的態度眨了眨藍色的大眼睛。

「咦……？」

「所以，即使洗衣服時要將內衣褲放在一起洗，我也不要緊。」

「洗……洗衣服？」

「是的。這裡有洗衣乾衣機。」

夏音說著用手指去的方向設有滾筒式洗衣乾衣機。是連附有手洗標籤的衣服都可以洗，節能效果出色的最新機型。

因為古城在戰鬥中弄髒的衣服也要放進去一起洗，夏音才叫他脫衣服。

「是……是喔，原來這年頭的賓館連這種設備都有。」

儘管有強烈的安心與疲倦感湧上，古城仍慢吞吞地站起來。

猛一看，黑貓正躺在床上枕邊，側腹還一抖一抖地抽搐著。因為爆笑過頭，這隻貓陷入呼吸困難的症狀了。

「喵咪老師，妳未免笑過頭了吧……！」

經過一番折騰，古城設法擺脫想當場幫他脫內褲的夏音，接著就進了浴室。在裝有七色燈光照明的浴室不自在地沖完澡後，古城換上浴袍回到房間。

坐在床邊的夏音將黑貓捧在腿上，正在看電視。畫面編排風格像是音樂排行榜節目，播映的卻是絃神島上的景象。

「……這節目在播什麼啊？」

「領主人選的排行榜啊。」

黑貓回答古城的疑問。

「領主人選……排行榜？」

「根據獲得的領地與臣民數量，目前的名次、勝率還有預測的投注賠率都公布出來了，幾乎是即時更新呢。」

「啥？」

古城啞口無言地瞪向畫面。

拍得像宣傳影片的節目中正在介紹陌生的魔族年輕人。姓名與種族、年齡、出生地還有以領主人選身分進行戰鬥的影像不停重播著。

「搞什麼……簡直像在看表演。」

「不用說簡直，這正是給人看的表演。」

黑貓用嘲弄似的口氣告訴古城。

「即使弄出領主選鬥的名堂，對大多數市民來說，也只是略添困擾的別人家的事罷了，跟支持偏愛的偶像或運動選手沒什麼差別。人類在本質上就是喜歡看其他人爭鬥。」

「可是一堆人因此受了傷啊！說不定也有人死了……！」

古城責怪似的回嘴。

然而，黑貓卻像要撇清關係，冷冷地抬起頭說：

「所以才好看不是嗎？像古代的角鬥、狩獵以及鬥牛……血腥的娛樂要多少都有。你敢斷言就沒有人想看魔族彼此廝殺嗎？」

黑貓惡意畢露的口吻讓古城感覺到血氣全衝上腦袋了。

但古城完全無法反駁。那並不表示他接受黑貓的主張。他驚訝得連聲音都發不出來了。

「卡……卡思子？她怎麼會……！」

在愛情賓館才有的大電視螢幕上播出少女手持深紅長劍，任由純白長髮飄揚的模樣。她在彩海學園的校園挺身保護其他學生，正在跟其他領地的領主人選搏鬥。那似乎是絃神島的監視攝影機拍到的影像。

不久，畫面切換成雫梨的靜止半身像。那似乎是絃神市用於市民登錄的證件照片。她緊張得硬梆梆的表情雖令人發笑，但目前的狀況實在不容古城尋開心。

「彩海學園領域的香菅谷雫梨・卡思緹艾拉，支配領地數為三，獲得臣民數為兩萬六千。位階為B級1組，屬於排行第十一名的中堅層領主呢。」

黑貓顯得興趣濃厚地唸出畫面上顯示的資料。

「我懂了，因為那傢伙是鬼族……才會成為領主保護彩海學園……」

古城心情複雜地嘀咕了一句。

雫梨身為登錄魔族就有資格擔任領主人選。在受到正義感驅使而保護身邊人們的過程中，不知不覺就被拱成了領主，從雫梨的性格來想，會演變成這樣十分自然。

然而，那也就表示她會變成其他領主人選攻擊的對象。

「啊……」

只見畫面不久後又切換了，這次換夏音發出訝異的聲音，因為在秀出的候選者名單中有她認識的姓名。

人工島西區31號領域——通稱天奏學館領域的領主。

「結瞳？居然連她都參加領主選鬥了嗎……！」

忘了眨眼的古城愣愣地盯著畫面。

原本還期待可能是同名同姓的其他人，但顯示出來的靜止圖正是古城熟知的那個小學生。那是她運用世界最強的夢魔能力牽制住眾多獸人的場面。

「剛才，我看見凪沙了。」

「是啊，矢瀨那傢伙也有上鏡頭，雖然一下子就晃過去了。他們怎麼會待在結瞳的領地啊？」

「不過，他們都平安無事。」

夏音將目光轉向困惑的古城，對他露出柔和的微笑。在古城心裡如鉛般沉重的不安似乎被她的笑容輕鬆融化了。

「說得也是。那些傢伙應該也在擔心妳，我們盡快過去會合吧。雖然在衣服乾以前，除了等也沒別的辦法。」

「好的。」

夏音晃著銀髮點了頭，古城便看向她腿上的黑貓。

「欸，老師，沒有能跟姬柊取得聯絡的方法嗎？尚未確認平安的，只剩她而已了——」

「很不巧，魔法跟手機可不同。」

緣堂緣漠然回答。

「雪菜的事先放一邊也無妨。假如那孩子活著，即使你再排斥，遲早也會在這個節目中看見她。」

「對喔……她也會去跟卡思子或結瞳見面嗎……」

古城和夏音看了彼此的臉，然後互相點頭。

只要發現雫梨與結瞳成了領主人選，跟她們會合也會是雪菜及淺蔥的目標才對。與其到處找人，說不定在其中一方的領地等待，跟雪菜她們再次碰頭的機會還大得多。

「要說的話，問題在於會合之後。」

黑貓壓低聲音，彷彿在威嚇放下心的古城。

「假設順利跟雪菜會合了，接下來你打算怎麼做，第四真祖小弟？」

「……只要把基石之門搶回來，領主選鬥就結束了不是嗎？」

古城照著自己所想的回答問題。

之所以會引起領主選鬥的騷動，原因在於末日教團竊據了人工島管理公社的管理系統。換句話說，只要奪回基石之門，這場荒唐活動就會告終，最起碼應該也能制止那些失控的領主人選。

「前提是連特區警備隊都守不住的基石之門，光憑你還有雪菜就能搶回來啦。」

黑貓的語氣冷硬。她那挑釁的話語讓古城氣惱地蹙起眉頭。

「想終結領主選鬥的人不是只有我們吧？獅子王機關的其他人是怎麼想的？」

「這可不太好辦啊。」

黑貓難得為難似的低下頭。

「從那場真祖大戰過後，絃神島在名義上成了自治領。若沒有來自人工島管理公社的請求，從獅子王機關的立場也無法擅自派攻魔師過來。」

「不就是人工島管理公社受了襲擊，才搞成現在這樣的嗎？」

古城傻眼地戳了戳黑貓的鼻尖。黑貓嫌煩似的撥開古城的手指說：

「是啊。不過，絃神島原本的領主是第四真祖，人工島管理公社只是代管而已。而掌管領主選鬥的不是別人，正是第四真祖。這表示絃神島目前的狀況，至少在政治上是處於正常狀態，胡亂出手會構成干涉內政。」

「不對……哪有什麼正常可言啊，那個第四真祖根本是冒牌的吧！」

古城急得口氣都衝了。

為了避免聖域條約機構進攻絃神島，古城便宣布絃神島是第四真祖的領地。日本政府與人工島管理公社之間締結的契約，就是以他的宣言為準。

基本上，其實全世界找不到任何一個國家以官方立場承認第四真祖確有其人，就連日本政府內部都是含糊以對。

第四名真祖的出現，是會讓全球武力平衡大幅改變的不確定要素，與其招致不必要的混亂，還不如讓其存在保持曖昧——許多國家都是這麼想的。

因此，古城也就沒有表明自己是第四真祖。因為要以普通學生的身分度過高中生活，這樣會比較方便。

於是「吸血王」利用了這曖昧的狀況。

他自稱第四真祖，使得絃神島陷入混亂。這惹惱了古城。

第四真祖的名聲原本就已經夠壞的了，再被人冒名而扣上冤枉的罪狀，古城哪受得了。

然而……

「『吸血王』是冒牌的第四真祖——是嗎？你要怎麼證明這一點？」

「……啥？要我證明？」

黑貓冷靜的質疑讓古城語塞。他沒有想過會被緣問到這種事。

「我們確實都曉得你是正統的第四真祖，但也就只是這樣而已，要讓世人認同，證據並不足。相對地，那個自號『吸血王』的少年已經公然秀出他們那幫人的實力，可以說極盡高調之能事。」

「為此才特地破壞搶到手的基石之門嗎……！」

古城想起基石之門那看似被巨劍捅入的傷痕，嘴裡便嘀咕起來。

在一夜之間銘刻上去的破壞痕跡，在在道出了世界最強吸血鬼的力量。

正因對方在最初露了那一手，絃神島的人們才會相信「吸血王」自稱第四真祖的說詞。

「所以嘍，從日本政府的立場並沒有理由干涉領主選鬥。實際上，官方真正的想法大概是不希望造成更多犧牲。」

「……犧牲？」

緣那番自嘲般的話讓古城好奇地開口反問。

「末日教團襲擊基石之門，造成了大量人員喪生。特區警備隊處於崩潰狀態，獅子王機關則失去了一名劍巫——還有閑古詠。」

「妳說的古詠——該不會是『寂靜破除者』吧？」

古城驚訝得睜大了眼睛。黑貓吐出凝重的氣息。

「沒錯，獅子王機關的『三聖』之首。那孩子傷重命危，將來也不確定是否能恢復意識。假如不是在魔族特區，肯定已經死了。」

「不會吧……那個人受了重傷……？」

強烈的目眩感湧上，讓古城搖搖頭。

古城認得那個叫「寂靜破除者」的少女。古城曾與她交手，而且還敗得落花流水。古城輸給了連真本領都沒拿出來的她。

被打倒的劍巫恐怕也具有跟雪菜相等或以上的實力，畢竟雪菜本來就只是還在受訓的劍巫培訓生。

「那就是獅子王機關遲遲不肯派攻魔師過來的理由。與其介入領主選鬥造成戰力消耗，讓領主人選互搏會更有效率。順利的話，還可以摸清末日教團的底牌。」

「妳帶我和叶瀨來這裡，就是為了轉達這項情報嗎……」

古城嘔氣似的躺到床上。

他無意向緣堂緣抱怨。獅子王機關已經有了莫大的犧牲，不能再勉強他們出手。

這是第四真祖和「吸血王」的問題。換句話說，這場架該由古城自己打。

「嗯，這也算理由之一。要是你連狀況都不清楚就硬闖敵人的大本營，那就要命了。」

黑貓用打趣般的語氣說道。

雖然口吻跟平常一樣帶有挖苦的味道，但那肯定是發自內心的忠告。假如沒頭沒腦地強闖，古城就會輸——緣是如此斷言的。

古城是有那麼一點不爽，卻也無法否定她的話。末日教團和「吸血王」的危險性，古城自己也很清楚。

「妳說這也是理由之一，表示還有其他事情嗎？」

古城放棄反駁，換了個話題。黑貓點點頭並看向床邊的數位時鐘。

「是啊，差不多也該準備好了。」

「……準備？」

古城納悶地嘀咕以後，就感受到大氣激烈震盪。

室內的空間本身遭到扭曲，高濃度魔力湧出。

「空間操控魔法……！是那月美眉嗎？」

古城看見如蜃景般浮現的人影，一瞬間曾期待那是班導師的嬌小身形。然而從虛空出現的，卻是面容嚴峻的中年男子。

「呃！怎麼會是你……！」

古城看清了男子的模樣，就臉色蒼白地急著起身。

「爸爸……？」

夏音嚇了一跳似的睜大眼睛，並用手捂著嘴邊。

前阿爾迪基亞王國宮廷魔導技師——叶瀨賢生帶著一副陰沉的表情，望向身穿浴袍坐在賓館床上的古城與女兒。

2

「領主排行榜第二十四名？」

矢瀨一邊在讓人聯想到西洋城堡的豪華穿廊移動，一邊開口反問。

天奏學館小學部的校內。曉凪沙走在矢瀨旁邊，覺得稀奇似的望著鑲有彩繪玻璃的優美校舍。她身上披了天奏學館校方指定的運動外套代替破掉的上衣。那是不認識的學生借給她的。

「然也。位階是B級2組，支配領地數為二，獲得臣民數九千——換言之，有九千名紘神市民到這塊領地投靠結瞳大人是也。」

從有腳戰車下來的麗迪安略顯得意地回答。

「這不是我一個人的力量，多虧有麗迪安同學還有這些孩子幫忙。」

結瞳聽見那句話，就害羞地別開目光。

魚貫跟在結瞳後面的是一群外表恐怖的魔獸。

在旁人眼中，只會覺得有個小學生正被魔獸追著跑，但是從結瞳本人看來，感覺大概跟帶家裡養的狗散步差不多。其他學生似乎也習慣了，還有不少人會在經過時順手摸一摸喜愛的魔獸。

「這些魔獸是怎麼來的？是這裡養的嗎？」

「牠們是生物社和協力的大學魔獸醫學系一起飼養的。」

結瞳隨口回答了矢瀨的問題。

「好厲害……魔族特區排名第一的千金學校果然名不虛傳……」

凪沙發出低聲感嘆。

「哎，我記得日本本土的名門學校也會飼養馬術課的馬……就類似那樣吧。」

矢瀨也聳肩苦笑。不愧是以高昂學費聞名的名門學校，在天奏學館就連飼養的生物也跟平民有區別。

「由於這些孩子都比外表所見的乖巧，在下倒是盡可能不想讓牠們戰鬥是也。」

麗迪安回頭看向那些魔獸，有些哀傷地露出微笑。

「雖然用來威嚇就很有效果啦。」

矢瀨一邊回想狼愚聯盟餘孽落荒而逃的模樣，一邊盯著魔獸們觀察。身體長達三四公尺的猛犬，以及肉食性妖鳥。其臉孔端詳起來倒也不是沒有討喜之處，但就算知道牠們都馴服於人類還是會覺得恐怖。

「結瞳仔，話說其他學生都在做什麼？即使不靠妳這個小學生，天奏學館也還有大批登錄魔族才對吧？」

「他們全在這兩天受了傷，就被送上ＭＡＲ的醫療船了是也。」

結瞳氣惱地沉默下來，麗迪安便代她回答。

「不只身為登錄魔族的學長姊是也，受過警備訓練的舍監及老師們全都為了保護這塊領地而負傷倒下了。結瞳大人接下他們的託付，才成了最年輕的領主人選努力到現在是也。」

「又沒有什麼問題。剩下的學長姊和同學們都肯幫我，而且『夜之魔女』的名號用來唬人也很有效——」

結瞳用故作平靜的語氣說道。

矢瀨看結瞳這麼逞強，就用力摸了摸她的頭說：

「是嗎？結瞳仔，妳也滿努力的嘛。了不起了不起。」

「拜託你，不要用裝熟的態度摸我。還有我說過好幾次了，別叫那個沒禮貌的綽號。」

「哈哈，妳不用害羞啦。」

「為什麼你總是可以像這樣照自己方便解讀別人的話呢……！」

真是無可救藥呢——結瞳冷冷地瞪向矢瀨斷言。不過她從被矢瀨誇獎以後，臉頰就一直害羞似的泛著紅暈。

「不過，妳真的好厲害耶，結瞳。還有麗迪安，我也要謝謝妳救了我們。」

「沒什麼沒什麼。身為武士，保護人們乃當然之舉是也。」

麗迪安穿著一身校用泳裝風格的駕駛服，自豪地挺起胸。矢瀨則是由衷佩服地笑了笑。

「碰到這種狀況，妳那種性格還真是可靠。該說是生龍活虎嗎……」

「在下日復一日的鍛鍊值得了是也。話雖如此，通訊網路無法使用實乃一大痛處。因為電子戰反而才是在下的真本領。」

麗迪安忽然用認真的語氣說道。她往往會被當成熱愛古裝劇的小學生，但其真面目卻是連淺蔥都認同有實力的天才駭客。

可是，如今絃神島的網路遭到截斷，她便無法發揮真正的價值。

既然麗迪安從領主選鬥剛開始時就待在絃神島，或許她會比淺蔥更不甘心。

「而且幾磨先生的安危也讓人擔心。」

結瞳小聲嘀咕了一句。幾磨是矢瀨同父異母的哥哥，當過人工島管理公社的理事，而且他也是結瞳的監護人。

末日教團襲擊基石之門時，幾磨恐怕也在現場附近。這就是結瞳擔心他的緣故。

「哎，那傢伙精明得很，我想不會有事啦。」

矢瀨用樂觀的口氣說道。意外的是，結瞳並沒有反駁這句不負責任的話，她只是困擾似的撥開矢瀨使勁摸她頭的手。

「啊，結瞳，辛苦妳了。沒有受傷吧？」

結瞳抵達魔獸用的獸廄之後，有個穿制服的女學生過來向她搭話。

比結瞳年長的清純少女，恐怕是就讀高中部的學生。不愧是名門女校的千金小姐，她看起來比矢瀨或凪沙都要成熟穩重得多。

「是的，我沒事。謝謝妳關心。」

結瞳脫下貝雷帽，恭恭敬敬地行了禮。她的儀態也意外地有模有樣。

高年級的少女看結瞳這樣，就親切地瞇起眼說：

「餐點送到了，我去發給來學校避難的那些人。妳們的份已經先送到總部了，有時間的話要吃喔。」

「對不起，勞煩妳了。呃，有什麼事情需要我們幫忙的話——」

「不必不必。結瞳妳是領主大人啊，可以表現得更威風一點。」

高年級的少女說著，就體貼地對結瞳微笑。

在她推的手推車上擺著印了ＭＡＲ公司商標的紙箱。那似乎是選鬥管理委員會配發給難民的餐點。

原本準備就這樣推著手推車離開的她在錯身之際停了下來，湊到結瞳的耳朵旁邊，接著朝矢瀨的臉瞥了一眼說：

「結瞳，我問妳喔，那個人是妳的哥哥嗎？」

「啊，不是的，與其說哥哥……他也算我的家人就是了。」

高年級少女看結瞳一下子回答不上來，就愉快似的瞇起眼睛。

「他很帥呢。下次要幫我介紹喔。」

「咦……呃……那個……」

「呵呵！待會兒見嘍〜」

當結瞳吞吞吐吐的時候，少女就推著手推車離去了。

結瞳目送她的背影，「呼」地吐了一大口氣。發現矢瀨在旁邊賊笑以後，結瞳就面無表情地瞪他。

「你是在賊笑什麼？」

「哎呀，我是慶幸自己被認同為家人。」

「請不要因為這種小事就樂成那樣，你好歹年紀比我大。」

結瞳用格外冷漠的態度撂下話，然後快步走向獸廄。

魔獸們成群結隊走過毫不掩飾笑容的矢瀨面前。牠們照著結瞳的命令，逐漸回到獸廄的柵欄之中。

結瞳身為夢魔具有強大的精神感應能力，可以隨意操控那些魔獸。只要她動真格，恐怕也可以操控其他領主的臣民，硬是讓他們倒戈。

在這場領主選鬥的比賽中，結瞳是極為傑出的強手。天奏學館領域內的和諧氣氛，大概也是來自眾人對結瞳那份實力的信賴及從容。

矢瀨對此有一絲不安。鄰近領地的那些領主應該也都察覺了結瞳的威脅，想必不會就這樣放過天奏學館領域。

該怎麼辦好呢——當矢瀨暗自煩惱時，獸廄中就傳出了聲音。

是親切豪爽的男性嗓音。

「嗨，小領主，我拿魔獸的飼料來了。放這裡行嗎？」

有個特別高的外國男子把肩膀上扛著的飼料袋扔到地上。

他並非一般所謂的美男子，但整體而言仍是個帥氣的男人。苗條又練有肌肉的外表，讓人聯想到在職的運動選手，休閒的工作褲與樸素工作靴與男子的氣質十分搭調。話雖如此，出現在名門千金學校裡，難免還是給人不協調的印象。

「齊伊哥哥，謝謝你。這些魔獸也都很高興。」

結瞳對男子道謝。高大男子旁邊的女子便興沖沖地摟住結瞳。

髮色紅中帶金的成熟美女，身上的服裝看起來簡樸，可是光讓她穿著就華麗得嚇人。胸脯相當有料，腰身也非常明顯。

然而她卻帶著幼兒般無邪的笑容，用臉頰磨蹭結瞳說：

「討厭啦，結瞳，妳今天也好可愛喔！最喜歡妳了！」

「札、札娜姊姊……這樣好難受……」

「哇！對不起。對不起喔……！」

道歉歸道歉，女子還是沒有停止磨蹭。猛一看，麗迪安已經躲到獸廄的柱子後頭，還將雙手合十，像在祈禱結瞳能走得安詳。看來這名叫札娜的女子習慣見人就抱，麗迪安也吃過她的苦頭。

矢瀨與凪沙目睹這對謎樣外國情侶的奇特舉動，都愣了一會兒，不過——

「啊！你是在機場送我糖果的人！」

凪沙像是想起了什麼，用手指了高大男子——也就是齊伊。

齊伊一臉納悶地回望凪沙，然後才看似欣喜地發出「噢噢」的驚嘆聲。

「之前在阿爾迪基亞的小姑娘嗎？我們又見面了！」

「太好了，原來你沒事。之前聽你提到要來絃神島，我還在擔心呢。」

「彼此彼此。哎呀，領主選鬥是吧。剛到絃神島就碰上這種事，嚇了我一跳。假如沒有小領主伸出援手，我們現在都不知道流落到哪裡了。」

齊伊露出滿面笑容，並伸出大大的手要跟凪沙握手。

凪沙開心地要跟對方握手，反觀矢瀨則是表情僵凝。因為他從古城那裡聽說過，凪沙在阿爾迪基亞機場遇到的男子叫什麼名字。

身為聖域條約機構的盟主，同時也是存在得到官方認同，全世界最古老的吸血鬼真祖。

以最強軍事力為豪的夜之帝國，歐洲「戰王領域」的帝王。

第一真祖「遺忘戰王」——

那就是自稱齊伊·朱蘭巴拉達的男子的真實身分。

3

「……齊伊．朱蘭巴拉達……難道你就是……遺忘……」

「不可以喔。」

差點嘀咕出來的矢瀨被札娜．拉修卡用手指輕輕抵住嘴唇。

札娜蠱惑人的微笑，讓矢瀨嘗到了心臟停止般的可怕滋味，感覺活像被母獅用前腳逮到的小老鼠。

「不可以講出那個名字。現在還不行，懂嗎？」

札娜細語般朝矢瀨耳朵吹氣。

矢瀨對醉人的甜美氣息嚇得發抖，卻還是瞪著她反問：

「……你們為什麼會待在結瞳的領地？」

「嗯～～這個嘛……為什麼呢？因為她很可愛吧？」

札娜微微偏過頭，還用滿不在乎的語氣說道。

矢瀨撐過對死亡的恐懼，就覺得自己好像撲了個空。

札娜沒有說謊的跡象。以可愛當基準來選，結瞳身為最年輕的領主人選肯定獨占鰲頭。第一真祖會跟結瞳接觸，純粹只是出於這種理由，似乎沒有多深的用意。

就算這樣，齊伊他們能否信任仍屬於另一個問題。

他們抵達絃神島，恐怕是在領主選鬥剛開始之後，這顯然不是單純的巧合。第一真祖在事前就知道絃神島會舉辦領主選鬥。

恐怕連末日教團的目的也在他掌握之中，還有這座島接下來會發生的事情也是——

「唔……！結瞳大人！」

麗迪安急迫的聲音打斷了矢瀨的思緒。

原本以咒術迷彩隱藏蹤跡的有腳戰車出現在她背後。從開啟的駕駛艙縫隙，有許多警報聲不停響著。

「又有誰闖進來了嗎？」

結瞳問了搭上戰車的麗迪安。在麗迪安回答之前，有個天奏學館的女學生就喘吁吁地趕到了獸廄。

「結瞳！趕快來總部！事情不好了！」

「好、好的！」

結瞳在女學生帶路下拔腿就跑，麗迪安的戰車則跟在後頭。矢瀨和凪沙自然而然便朝她

們追上去，齊伊他們也緊隨在後。

女學生稱為總部的地方，是臨時設置在校舍樓頂的帳篷。由於離魔獸的獸廄夠近，又能瞭望整座學校，似乎就被當成用於防衛領地的司令部了。

帳篷裡搬來了數台大型電腦螢幕，上面顯示著學校周圍的監視器影像，確實有幾分作戰總部的調調。

「那些人是……？」

結瞳察覺到螢幕上顯示的人群，表情便隨之僵凝。

由武裝過的魔族率領，規模達幾百人的團體。來者並非狼愚聯盟那種明顯由混混組成的幫派分子，這群人更加統率有方，是軍隊作風的武裝勢力。

「正門前的那些人屬於松永領域。領主松永尚是『舊世代』的吸血鬼，位階跟結瞳一樣是B級2組，獲得臣民數七千八百人。」

女學生坐在螢幕前，將應用程式顯示在畫面上的數據唸出來。

接著，其他學生也陸續開口了。

「南門這邊有C級1組的烈怒散蛇（Red Thunder）和C級2組的女渦正在集結。兩邊的領主都是獸人，獲得臣民數分別為四千四百人和三千兩百人——」

「北門這邊……來的是白鳩女高領域！領主為死靈術師（Necromancer）『腐色魔女』紅杏！位階是B級

1組！獲得臣民數一萬八千五百人！」

「人數太懸殊了……」

疑似年級最高的女學生像在害怕地嘀咕了一句。

包含天奏學館的學生及其監護人，還有來避難的鄰近居民，跟結瞳訂下契約的臣民約有九千人。另一方面，敵方四塊領地的聯軍合計超過三萬人。

何況在天奏學館能作戰的魔族，實質上只有結瞳一個人。相對地，敵方則是從三個方向同時展開進攻。他們大概是將結瞳的能力視為危險因子，就訂了協約，決定聯手拿下天奏學館領域。矢瀨憂慮的事情成真了。

「怎麼辦，結瞳？」

年級最高的少女詢問結瞳。雖然說結瞳是魔族，位居領導地位的高中生要依靠小學生感覺仍有點滑稽。不過，狀況情非得已。

「我們沒有投降的選項，因為對方全是對天奏學館懷有敵意的領主。萬一落入她們的支配，不知道會有什麼下場——」

結瞳明確地說出意見。

松永領域和白鳩領域的領主都對天奏學館懷恨在心，這是著名的傳聞。據說原因是報考時被刷掉了，也有說法認為是男朋友被天奏學館的學生拐走所導致。

待在總部的女學生們也對結瞳這段話點點頭表示：

「對、對啊，像烈怒散蛇和女渦就更不用說了……」

「所以要打就贏得過她們嗎？」

「就算結瞳再厲害，對方有那麼多人……」

「結瞳大人……」

絕望的氣氛充斥於帳篷內，讓麗迪安擔心地發出聲音。

麗迪安的有腳戰車是研發用於對付魔族的強力兵器，天奏學館飼養的魔獸們也是其他領地找不到的有效戰力。

可是，這次敵人數量太多了，吸血鬼的存在尤其棘手。面對吸血鬼所率的眷獸，物理性攻擊幾乎不管用，對戰車以及魔獸們來說是最惡劣的敵人。

結瞳當然明白這一點，即使如此她也無法逃避。年紀再小，結瞳仍是這塊領地的領主。恐懼使得雙腿縮在一起，但結瞳眼中還是浮現了悲愴的決心，準備前往戰鬥。

於是，有人溫柔地伸手繞到結瞳頸邊。

札娜從背後悄悄抱住了結瞳。

「不要緊。有大姊姊在，這裡就交給我們吧。」

「札娜姊姊……？」

結瞳訝異地仰望札娜。

齊伊露出自信笑容，並且把手放到年幼的夢魔頭上。

「一宿一餐的恩情不能不報。日本武士道就是這樣的吧？」

「然、然也……可是……」

齊伊打趣似的話語讓麗迪安也露出遲疑之色。

「別擔心。小領主妳們先引開那些獸人，至於吸血鬼那邊，札娜，交給妳行吧？」

「當然。」

札娜用毫不介意的語氣回答，然後從裙子後頭的口袋取出某樣東西——好似將幾枚戒指串在一起的銀色金屬製品。該不會是某種裝飾品吧——矢瀨心想。

「札娜姊姊……你們到底是……」

「眷獸出現了！」

緊盯螢幕的少女出聲蓋過了結瞳困惑的嘀咕。

在場所有人都將目光轉向底下的校園。

出現在天奏學館正門前的，是體長達六七公尺的漆黑巨熊。

濃密得足以具現成形並擁有意識的魔力聚合體，吸血鬼所率的異界召喚獸——眷獸。

然而，構成那頭眷獸的魔力總量及濃度並不尋常。儘管不及吸血鬼真祖，還是大幅超越了「舊世代」吸血鬼的平均能耐，感覺有真祖嫡系的第七至第六世代的實力。

「這就是臣民七千人份的力量嗎……！」

矢瀨緊張得聲音發抖。連不是魔法師的他都能明確感受到的強烈魔力波動。凪沙身為敏銳的靈能力者，已經臉色發白，連聲音都發不出來了。

但札娜望向漆黑的熊型眷獸，卻有些傻眼似的嘻嘻笑了出來。

「原來如此……呵呵，我倒是明白得到力量會想大鬧一場的心情，不過得意忘形的孩子就需要教訓。」

「咦……？」

札娜短短的裙襬一掀，從樓頂跳了下去。她靠著讓人聯想到貓的柔美身段，不出聲響地落地，然後直接衝向敵陣。

札娜的雙手握著先前她拿出來的銀色金屬製品。那是套在拳頭上用來痛毆對手的凶器。

「手指虎……！等等……她拿那種武器要怎麼對付眷獸……？」

矢瀨驚訝得瞪大眼睛。

熊型眷獸察覺札娜接近，便發出咆哮。

堵在天奏學館正門的路障被眷獸的一擊轟得碎散紛飛。

札娜靈活地閃過飛來的路障殘骸，並且鑽到眷獸跟前。

接著，她就用握有銀色凶器的右拳搗進眷獸的側腹。

巨大的眷獸往後飛了幾公尺，接著被刨挖的側腹發狂。

「居……居然揍了眷獸！」

矢瀨發出聲音變調的驚呼。

就算札娜身材再好，身高頂多一百七十公分左右，但她一出手就將體長超過六公尺的眷獸揍飛。這幅光景即使是親眼所見也難以置信。

「受不了……最近的年輕吸血鬼用起魔力真不像話。丟人現眼！」

札娜一邊踏著輕快的腳步一邊接二連三出拳，眷獸便單方面地持續挨揍。每次她的拳頭命中，眷獸的輪廓就脆弱地扭曲，其肉體正逐漸被削去一部分。

理應不可能發生的景象，讓身為眷獸宿主的女吸血鬼不知所措地呆站著，跟她一伙的吸血鬼與眾多臣民亦然。

「不知道為什麼……我覺得那個人……跟雪菜好像……」

躲在矢瀨背後的凪沙恐怕是在無意識下發出了這樣的嘀咕。

「……咦？」

凪沙一說，矢瀨也跟著發現。

札娜握著銀色凶器的拳頭正釋放出帶有青白色光輝的靈氣奔流。能破壞萬般結界，令魔

力失效的神格振動波光輝。札娜的手指虎跟雪菜的長槍一樣，是刻有神格振動波驅動術式的武器。

然而，有別於設計洗鍊又貼近現代化武器的「雪霞狼」，札娜的手指虎就原始而野蠻得多了。粗野攻擊襯托出札娜的勇猛與美，將絕望與落敗感深植在作對的敵人心中。

既然仰賴的是實力不上不下的眷獸，一旦眷獸敗陣，松永領域也就一蹶不振了。

眷獸遭到單方面蹂躪的領主欲哭無淚，處於喪失戰意的狀態。臣民們陸續逃走，其他吸血鬼也打算開溜。勝負的歸結已經很明顯了。

然而跟天奏學館敵對的還不只松永領域這些人。

「結瞳，北門有行屍（Zombie）來了……！」

一直在監視螢幕的女學生以好似忍著噁心的表情喊道。

鮮明的腐臭順著風吹了過來。

身高可比天奏學館校舍的巨人緩緩地站起身瞪著總部。

巨人的真面目是腐敗後發黑變綠的肉塊。

牛與豬、鯨魚等等的海生哺乳類、魔獸、魔族，以及人類——由各種屍體拼湊創造出來的巨大行屍。那就是白鳰領域的領主「腐色魔女」麾下的士兵。

「將行屍聚集在一起創造出異形生物啊，手段真狠。」

齊伊不悅似的撇嘴。

行屍無痛無苦，不會畏懼死亡，作為士兵很是優秀，挫敵士氣的效果也高。只不過，基於衛生問題與魔力消耗甚劇帶來的運用難度，還有更重要的人道考量，將行屍利用於軍事是被禁止的。

創造出那種怪物，還滿不在乎地投入市區。非得是與惡魔簽訂契約，已經不屬人類的魔女才會下如此狠毒的重手。

「那好，我立刻讓你回歸塵土。」

齊伊跨過樓頂扶手，跳到了隔壁棟的講堂樓頂。剛好可以跟巨大行屍正面對峙的形勢。

腐臭四散的行屍揮下扭曲的手臂。它打算將講堂的屋頂連齊伊一起打爛。

齊伊站得毫無防備，還直接用手指向那具行屍的心臟。

一般假裝拿槍都會比的手勢。

砰——齊伊只是低聲動了嘴唇。

剎那間，行屍的巨軀搖晃了。彷彿中了槍的它陣腳大亂，並且緩緩地仰天倒下。

「腐色魔女」的陣營吃了一驚。巨大行屍身為己方的尖兵，何止沒有出手攻擊敵人，還跌倒朝他們這些人頭上壓過來。

差點被壓扁的臣民們四散逃竄，飛濺的腐肉與汁液引發慘叫。

身為死靈術師的魔女氣壞了，巨大行屍倒下後卻沒有要再次起身的跡象。不只如此，連圍繞在她身邊的護衛行屍也陸續停止動作，死者軍團正在全面瓦解。

「搞什麼……出了什麼狀況！」

矢瀨從樓頂扶手探出身，望向齊伊看似無聊地坐下來的背影。

「豈有此理……！居然以反相的魔力將魔力抵消，讓死靈術失效了是也！沒想到……沒想到竟有人能辦到這種事……」

麗迪安搭乘在有腳戰車背上，眼睛望著魔力計測器，內心大受動搖。她這麼一說，矢瀨才總算理解齊伊的舉動有何意義。

「透過魔力干涉造成魔法相消（Magic Mute）……！那是全世界軍事科學家和魔導技師到現在都還無法實用的技術耶！居然有人靠肉身就用出來了嗎！」

「不好了，那個魔女……！」

麗迪安繃緊了臉。人稱「腐色魔女」的死靈術師周圍有無數魔法陣在發光。她從臣民身上搜刮了所有魔力，想跟齊伊的魔法相消對抗。

然而，這卻是不智之舉。

她使用的死靈術並沒有消失，術式仍照常發動中。只是因為齊伊發出了強度完全相同的逆向魔力跟她互拚，看起來就像沒有生效罷了。

狀況就好比戴了高級的耳塞，導致聽不見音響的聲音。

若因為聽不見聲音，就在這種狀態下將音響接收的電壓提高到超出極限，將會造成什麼後果呢——

「抱歉了，小姑娘。」

齊伊同情似的嘀咕以後，解除了魔法相消。

原本遭阻絕的龐大魔力便一口氣灌向巨大行屍。

行屍肉體承受不住如此驚人的巨量魔力，埋藏在屍體中的施術觸媒盡皆消散，魔法配線全部熔斷了。

而逆流回來的過剩魔力撲向身為施術者的魔女本人。魔女連慘叫聲都發不出，直接倒在地上，全身更強烈地抽搐。與其說身為領主的她敗了，不如說她身為死靈術師鐵定已無法重振再起。一直到最後，她應該都不明白自己身上出了什麼事。

「結瞳大人！」

「我曉得。」

結瞳張開了漆黑的魔力翅膀。她在用夢魔的精神感應波對支配下的魔獸傳達命令。

不過，她命令的並非待在獸廄的那些魔獸。

結瞳還有其他伙伴，位在與絃神島距離遙遠，深達數千公尺下的海底——

天奏學館校地附近的路上。在烈怒散蛇和女渦將獸人集結起來待命的廣場湧上了巨大的火柱。

被扯斷的道路碎片飛散到四周，爆壓甚至捲向矢瀨等人所在的樓頂。

如隕石般從上空飛來的物體砸在地面，引起了大爆炸。

「利維坦的活體飛彈嗎……！」

矢瀨目瞪口呆地望著獸人們逃竄的模樣。

被稱作眾神兵器的怪物「利維坦」——一旦牠起意，能力便足以摧毀整座絃神島的世界最強魔獸，這就是結瞳藏在最後的王牌。

「剛才的攻擊是在威嚇你們，還要再打嗎——？」

結瞳用校內廣播的喇叭朝敵對的領主人選喊話。

看見剛才的攻擊，當然沒有人想繼續跟她作對。

魔族們開始四散逃跑，臣民們大多舉起白旗。

天奏學館的學生們在校內各處發出歡呼。戰鬥結束了，擔任領主人選的結瞳大獲全勝。

矢瀨跟群情鼎沸的學生離得較遠，臉上還露出險惡的臉色。

在矢瀨眼前的是異國吸血鬼——齊伊。

「你有什麼居心，齊伊・朱蘭巴拉達？」

矢瀨望著化成灰逐漸燃燒殆盡的巨大行屍，並且開口問道。

「怎麼啦，少年？別生氣嘛。像這樣手下留情也費了我不少工夫。」

坐在講堂屋頂的齊伊一臉尷尬地搔頭。他似乎誤以為是死靈術師慘到無法重振再起，才導致矢瀨發怒。

他說有手下留情，這並不假。

就算不玩魔法相消這種麻煩的花樣，只要他召喚眷獸，要消滅那種程度的行屍是輕而易舉。然而，假如第一真祖的眷獸現身，損傷的不會只有一名魔女，天奏學館的校地之內應該會出現比利維坦用飛彈攻擊更嚴重的損害。

所以，矢瀨並不是因為齊伊打倒魔女而焦慮。

「你為什麼會出力幫忙結瞳？總不會真的想以絃神島領主為目標吧？」

「哦～～那倒有意思。」

原來還有這一招——齊伊表情認真地拍了下手。他那亂有一回事的反應讓矢瀨慌了。

「喂！」

「開開玩笑，少年，別擔心。哎，碰上領主選鬥這種荒唐的騷動，我確實玩得很樂，但我們姑且還有別的目的。」

齊伊仰望慌亂的矢瀨，愉快地笑了。

「目的？」

矢瀨板起臉反問回去。

嘴邊仍留有笑容的齊伊眼裡蘊含幽幽火光，靜靜地告訴他：

「——驅除亡靈。」

4

彩海學園的校舍內滿是陌生人，帶著幼童的家庭，以及裹著繃帶的傷患格外醒目。他們似乎是住在這塊領地的普通市民。

「居然有這麼多難民……」

雪菜走在熟悉的走廊上，心裡有些動搖。

絃神島上所有市民都被捲入了領主選鬥。以道理來說是早就理解的事，但如今實際目睹難民的模樣，才讓雪菜痛切感受到事態有多麼嚴重。

「領主選鬥的規則不太會讓普通人受害，話雖如此，還是有很多人覺得不安啊。我猜也有不少人會希望待在可以信賴的領主身邊吧。」

替雪菜她們領路的宮住琉威以沉穩語氣說明。

「換句話說，聚集在這裡的人全是來投靠香菅谷同學的臣民嘍？」

淺蔥看似佩服地揚起眉毛。

雫梨身為從四月入學的學生，在彩海學園也算新成員。而她能當上彩海學園的代表，還得到附近這麼多居民的信賴，應可稱為一大壯舉。雖說碰上了領主選鬥這樣的緊急事態，憑尋常努力也無法有如此成就。

「很遺憾，這並不是我的功勞。」

雫梨有些嘔氣似的嘀咕。

「咦？」

這是什麼意思——淺蔥反問。

隨後，從走廊另一頭過來的某人認出雫梨，就親切地揮了揮手。那是紅色的頭髮梳成兩球還配麻花辮，身上則穿著旗袍的年輕女性。

「香菅谷，辛苦妳了。餐點送到嘍，我還沒有收拾，你們會馬上吃嗎？」

「……笹崎老師？」

「咦，這不是姬柊和藍羽嗎？妳們什麼時候回到絃神島了？」

穿旗袍的女子看見雪菜她們，就悠哉地露出微笑。

有認識的大人在，讓雪菜冒出連自己都覺得意外的安心感。

笹崎岬是國中部的體育老師，也是雪菜與凪沙的前任班導師。在求學時期似乎曾是南宮那月的學妹，而且跟她一樣屬於國家攻魔官。

實際上，連雪菜也不曉得笹崎岬的真正實力，她是個謎團重重的人物。不過，可以肯定的是岬相當有能耐。有她在彩海學園，對雪菜而言也是好消息。

「我們才剛剛回國。幸好老師也平安無事。」

「我當然沒事啦。既然那月學姊不在，我就得連她的份一起忙才行。」

雪菜規規矩矩地回話，岬便開朗地對她笑了笑。那月不在——她提到的這一點讓雪菜覺得有一絲不對勁。

「管理這塊領地的人，該不會其實是笹崎老師？」

淺蔥低聲問雫梨。雫梨則語帶自嘲地嘆了氣回答：

「那是當然了。光靠我才不可能聚集到兩萬六千人的臣民嘛。」

「不不不，香菅谷也有出力喔。」

岬像在替雫梨打氣一樣拍了她的肩膀。

「還有她那兩位朋友也幫了忙。因為我並不是純正的魔族，沒辦法當領主人選。有香菅谷在其實真的幫助不少。」

「老師，請不用擔心。身為聖團的修女騎士，我明白自己應該扮演的角色——還有妳這樣好痛！拍得太用力了啦！好痛！」

「請問……南宮老師不在，是怎麼一回事？」

雪菜像要袒護淚汪汪的雫梨，就稍微匆促地問了問題。

岬擺出敷衍的態度搖頭。

「我才想問呢。她在領主選鬥開始的前一刻失去聯絡，後來就下落不明了。哎，連假中聯絡不到人也沒辦法。」

「下落不明……」

有股令人發毛的不安爬上雪菜心頭。岬說話的口氣裝得輕鬆，但她對那月遭遇不測一事當然也有所察覺才對。假如那月健在，絕不可能放任領主選鬥這種鬧劇發生。

岬把臉湊向心生動搖的雪菜，並且壓低聲音繼續說：

「後來還傳出了獅子王機關的『寂靜破除者』差點喪命的消息。末日教團那班人似乎相當不好惹。」

「閑大人差點喪命……？」

表情從雪菜臉上消失了。一瞬間，她遭逢有如腳底下坍塌的錯覺。

對獅子王機關的攻魔師來說，「三聖」的存在是絕對的。並不是出於他們有權威這種抽象的理由，純粹因為他們夠強——身為攻魔師具有壓倒性的力量。

即使有消息指稱古詠遇害，雪菜仍有點無法置信。

然而，萬一岬收到的消息是事實，就表示末日教團的力量甚至能凌駕獅子王機關的最高戰力。

「我跟那月學姊不一樣，主要的工作是學校保全，所以在人工島管理公社就沒有人脈。坦白說，目前盡是些讓人搞不懂的狀況。因此，雖然這只是我的直覺，還是給妳們一句忠告——領主選鬥這檔事，只是在混淆視聽罷了。」

「老師是指……那些人在混淆視聽？」

前任班導師突然給予忠告，讓雪菜做出含糊的回應。

岬則是自顧自地繼續說下去。

「末日教團八成別有目的啦。所以嘍，你們幾個可不能被對方迷惑。至少妳跟藍羽不行。臣民跟領地一類的麻煩事，交給我們處理就好。」

「為什麼老師會指名……我跟藍羽學姊呢？」

「妳們心裡都已經決定好要認誰當領主了吧？在領主選鬥這檔事開始之前。」

岬頗有自信地斷言。雪菜則遲疑地搔頭說：

「領主嗎……？呃，那個……我只是曉學長的監視者，並沒有把他當成領主……」

「我可不記得有跟妳提到曉家的長兄。」

岬用裝蒜的語氣一說，雪菜就「唔」地語塞了。

岬將沉默的雪菜擱到一旁，直接轉向雫梨說：

「對了，香菅谷，能不能籌出十萬左右的消費券給我？在體育館避難的那些人，我也想發放餐點和毛毯給他們。」

「我了解了。」

雫梨拿出手機，開始操作陌生的應用程式。

淺蔥從雫梨背後探頭看了畫面，就好似感興趣地瞇起眼睛。

「妳們說的消費券是……？」

「由選鬥管理委員會發行的電子票券啊。」

雫梨手腳生疏地完成程式操作。畫面上顯示了選鬥管理委員會與ＭＡＲ公司的商標。

「按照領主排行榜的名次，能領到的票券數量都規定好了。領主就是用消費券來添購電力、水以及糧食，然後分配給領地內的臣民。」

琉威替淺蔥做了詳細的解說。嗯——淺蔥點點頭又問：

「領主排行榜……我記得彩海學園領域是分在Ｂ級１組，對不對？」

「沒錯。第一名到第七名的領主是Ａ級，Ｂ級１組是從第八名到第十五名。只要待在Ｂ

級的領地，至少生活水準就跟領主選鬥開始前幾乎沒有差別。」

「……反過來說，C級領主的臣民就會想盡辦法爬到B級以上嘍。」

「就是這麼回事。」

淺蔥一邊聽琉威說明一邊無意識地蹙了眉頭。

所謂的領主排行榜，並不只是單純反映出領主人選的戰鬥能力，那本身就是用來引誘領主人選互相爭鬥的陷阱。

弱小領域的臣民們會追求生活安定，強大領域的臣民們則會害怕自己變貧困，就會要求領主人選在爭鬥中獲勝。

最後，爭鬥將孕育出恨意及憎惡，進而成為紛亂的新火種，如此紘神島全土就會逐漸捲入戰爭的漩渦。這便是領主選鬥的運作機制，狡猾而殘虐的謀略。

「妳用的那個程式是？」

淺蔥指了雫梨的手機問。回答的依舊是琉威。

「那是選鬥管理委員會發給領主人選的專用程式，除了可以管理消費券，還內含領主排行榜速報及警報裝置。」

「警報裝置？」

「有其他領主的臣民闖入就會發出警告，功能大概類似雷達。」

「難道說，我們突然差點被射殺，就是那東西害的？」

「我在狙擊時用的姑且是效能較弱的麻痺系咒術耶。」

被淺蔥用怪罪的目光一瞪，琉威就舉雙手投降。

「配發下來的程式還有另外幾種。比如這個免費通訊程式，不只可以跟同領地的居民聯絡，還可以跟締結同盟的臣民互相通話。」

「同盟……這樣啊，所以狼愚聯盟也用了這玩意兒。」

淺蔥莫名佩服地點頭。她好像純粹在技術方面感到有興趣。

「假如用那個程式，能不能聯絡到曉學長呢？」

雪菜突然想到而插話。既然可以跟其他領地的臣民通話，古城不就有可能也在通訊範圍內嗎——她是這麼想的。

但琉威有些為難似的搖頭說：

「很遺憾，班長她還沒有跟任何人結盟。要締結同盟關係，必須由領主直接見面交換代碼，還挺有難度的。」

「那確實是高門檻呢。」

淺蔥對琉威的意見表示理解。領主人選要互相接觸，代表有一方必須前往對方的領地。

假如被迫結盟也就罷了，否則那麼做的風險實在太大。

「話說，我們算不算成為香菅谷學妹的臣民了？」

淺蔥到現在才坦然提出疑問。

彩海學園對雪菜等人來說是熟悉的地方，她們也信任雫梨。要締結領主與臣民的關係，條件想來是足夠的。

然而，雫梨卻瞪著智慧型手機偏過頭。

「從這個程式來看，妳們兩位都已經登錄為其他領主的臣民了喔。」

「妳說……其他領主？」

雪菜有些訝異，還跟淺蔥面面相覷。淺蔥則是不悅地板起臉說：

「是哪塊領地的臭傢伙啊？居然擅自作主……」

「這個登錄編號，代表的是前宇垣領域……」

「什、什麼？」

「為什麼我會變成那頭肥豬怪的臣民——！」

雪菜與淺蔥這才仰天驚呼。

宇垣確實是雪菜等人最先接觸的領主人選，但她們並不記得自己有答應要當臣民。基本上，他一下子就敗給古城，應該已經失去角逐的資格了。

「等等，那個登錄編號被其他人繼承了。不過，該名人物並沒有相關資料。」

琉威點出了程式的警告訊息。雪菜她們不禁露出放心的表情問：

「表示那是未登錄魔族嗎？」

「難道……是古城？」

「獲得臣民數五，支配領地零。由於未達到最低所需的臣民人數，便沒有隸屬的位階。領主排行榜名次是一千五百五十名，簡直像泡沫化領主的表率呢。」

雫梨唸出領主排行榜上的資料。

淺蔥輕輕把手湊到額頭。淺蔥和雪菜、矢瀨和凪沙，還有夏音——假如古城本人和受傷淘汰的宇垣不算在內，臣民人數正好是五個。

「第四真祖不應該拿到這麼慘澹的數字嘛。」

「末日教團那班人決定的數字才沒有價值可言喔。」

淺蔥自我消遣地嘀咕，雫梨便看著她冷冷地斷言。

而淺蔥和雪菜都一臉驚訝地望向這樣的雫梨。

領主排行榜的名次是末日教團定出來的無意義數字——這種理所當然的事情，沒想到要由雫梨來提醒。

「怎、怎麼樣啦？」

「啊，抱歉。我覺得，妳講得不錯。」

「是的。我對雫梨同學有些感動。」

「既然我身為聖團的修女騎士，有這點見解是當然的。」

被淺蔥與雪菜直率地稱讚，雫梨害羞似的臉紅了。

而之前一直沒有講話的優乃扯了扯雫梨的長外套下襬。

「那沒有價值的排行榜似乎出現一點變動了喔。」

「妳說……變動？」

優乃把自己的智慧型手機遞到納悶的雫梨眼前。

「天奏學館領域的江口結瞳多了四塊支配領地，一口氣上升到排行榜第八名，獲得臣民數據說增加了三萬三千人。所以嘍，雫雫妳就退到第十二名了。」

「我倒是不在意這麼點變動——」

「等、等一下！」

淺蔥急忙從旁打斷雫梨故作平靜的話語。

「妳們說的天奏學館，是那一所天奏學館嗎？完全住宿制的千金學校？」

「結瞳她……當了領域的領主？」

領主排行榜上登載的大頭照圖示，肯定就是雪菜熟知的江口結瞳。結瞳身為世界最強夢魔，確實有資格成為領主人選。

「怎麼搞的啊……欸，基樹和凪沙也一起被拍到了！」

在領主人選個別頁面的即時動態欄，莫名其妙地登載了拍到矢瀨和凪沙的影片。看來被狼愚聯盟餘孽襲擊的他們倆被結瞳救了。

「呃……藍羽淺蔥？妳們兩位究竟在驚訝什麼……？」

跟不上話題的雫梨看似有些焦躁地問。

剛來絃神島沒多久的她以往都沒有跟結瞳見過面，當然就不知道結瞳是夢魔，也不曉得結瞳跟古城之間的關係。

「但是，或許這樣確實不太妙耶。」

優乃用悠哉的語氣說道。雫梨不解似的蹙眉問：

「妳說的不太妙，是指什麼？」

「排行名次一口氣上升這麼多，周圍的勢力大概不會坐視不管吧。」

「說得對，尤其是A級後面幾名的領主應該都安不了心。雖然目前戰力還有差距，但是讓她用這樣的速度成長，誰知道什麼時候會輪到自己被擠下去。」

琉威冷靜地點破。淺蔥有些生氣似的瞪了他。

「意思是會有人動手擊垮天奏學館？」

「我認為可能性很高。」

琉威像在替淺蔥著想一樣含蓄地點頭。

對了——優乃彷彿想到了什麼好主意，還俏皮地笑著說：

「既然這樣，要不要締結同盟？」

「同盟？由我們跟天奏學館領域嗎？」

雫梨明顯有所警戒地瞇起眼睛，臉色看起來不太有意願。

她並沒有因為結瞳是夢魔就感到排斥，也不是對於跟陌生小學生申請結盟感到抗拒。儘管外表和言行都給人高傲的印象，但雫梨跟這種無關緊要的自尊心，於好於壞都可說是沾不上邊。

雫梨會感到猶豫，是因為和天奏學館結盟將帶來風險。

既然勢力急速擴張導致天奏學館被人盯上，跟對方結盟的行為大有可能讓彩海學園也遭到襲擊。那麼一來，彩海學園領域的臣民們也會蒙受危險。雫梨就是怕事情變成這樣。

不過當然也有好處。對缺乏強大盟友而孤立的彩海學園領域來說，能添個在出事時可以依靠的伙伴就值得感激了，即使當成對周圍領主人選的牽制，在戰略上亦有其意義。

「不要緊，結瞳可以信賴。因為她是我們的朋友。」

雪菜對猶豫的雫梨提出建議。沒錯沒錯——淺蔥也表示同意。

「雖然她有點人小鬼大，卻很有禮貌，是個乖巧的女生。而且她特別黏古城。」

「……那個男的連小學生都不放過嗎？」

一提到古城的名字，雫梨就傻眼地道出感想。雫梨的這句玩笑話讓淺蔥和雪菜都露出複雜的臉色。

「不好說呢……希望她提到的結婚到底是說著玩的。」

「可是，結瞳長得很可愛啊。」

「妳們都不否認啊……」

優乃樂得哈哈笑出來，雫梨則是無話可說地僵住不動。

「假如我們這邊想申請結盟，就要由班長直接出馬。」

琉威操作雫梨的智慧型手機，並且秀出通往天奏學館的安全路線。

天奏學館位於人工島南區與西區的邊界附近，地點跟被破壞的增設人工島接近。由於之前把那一帶占為地盤的狼愚聯盟瓦解了，現在就成了周圍領主環伺的危險空白地帶。

「那個……假如要跟結瞳交涉，我也跟香菅谷同學一起去。」

雪菜含蓄地舉手表示自願隨行。原來如此——淺蔥也表示同意：

「是啊，如果香菅谷學妹一個人闖進天奏學館，難保不會被誤解成侵略行為呢。」

「說什麼誤解……滿懷慈愛的我哪裡看起來像侵略者了……！」

「的確，有那邊領主認識的人一起去應該比較好。畢竟對方是小學女生——」

「就是啊。忽然找小學女生搭話是可以報警成案的。」

「怎麼把我當成可疑人物了嘛！」

琉威和優乃認真地開始擔心，讓雫梨冒出近似發飆的反應。

話雖如此，身為領主人選的雫梨仍需要護衛，而防衛彩海學園領域也需要留下人手。跟結瞳是朋友的雪菜陪雫梨前往，琉威和優乃則跟岬一起留在彩海學園，如此分配人力想來並不壞。

「話說，姬柊雪菜，關於剛才提到的那件事——」

雫梨輕輕咳了一下清嗓，然後湊向雪菜。雪菜愣愣地偏過頭問她：

「呃……妳是指剛才提到的……哪件事？」

「就是天奏學館領域的領主和曉古城之間的關係啊！」

雫梨將手抵在走廊牆壁上，還逼近雪菜以免她逃走。

「那兩個人是怎麼認識的？請妳多告訴我一些細節！麻煩妳！」

「咦？咦？」

雫梨鬼氣逼人的氣勢使雪菜拗不過地仰頭向天。

看來雫梨要與結瞳締結同盟會是相當難辦的一件差事。

5

這時候，古城仍然僵在賓館裡的一處房間。

站在他眼前的是叶瀨賢生，前阿爾迪基亞宮廷魔導技師，同時也是夏音的養父。

另一方面，古城則和穿著浴袍的夏音僵在同一張床上。狀況不是一句尷尬就能形容的，這是即使挨揍也怨不得人的危急情境。

「叶瀨的老爸……怎麼會……？」

古城總算用沙啞的聲音嘀咕了一句。

賢生身為高階魔導技師，懂得使用空間操控魔法。他會突然現身這一點並沒有什麼不可思議，問題在於為什麼好巧不巧偏偏挑這時候出現。

賢生緩緩環顧四周，然後朝古城他們走近一步。

「慢著，這是誤會。我跟叶瀨只是在洗衣服，沒有做任何虧心事！」

古城被賢生的魄力嚇到，還是拚命辯解。

自己在這種狀況下被怨恨是難免的事，但是毫無過錯的夏音被養父罵就讓人不忍心了。

為了夏音的名譽，非得解開誤會才行——古城是這麼想的。

但賢生無視於這樣的古城，還呼喚夏音腿上的黑貓。

「抱歉，設定空間移轉的座標比我想的還要費工夫。果然無法像『空隙魔女』那樣。」

「無妨。多虧如此，我也跟這兩個孩子好好地聊了聊。」

黑貓一邊做出洗臉的動作一邊微微打了呵欠。

看來把叶瀨賢生叫來這裡的就是她。他們倆算認識。

「你……沒有生氣？」

古城仰望著態度與平時無異的賢生問道。

賢生陰沉地點頭說：

「別看夏音這樣，她可是個懂事的孩子。既然夏音信任你才以身相許，如今又何需我置喙？」

「不是你說的以身相許啦，我們只是在等衣服烘乾。」

「但我會要你負起男人的責任，第四真祖。」

「你從剛才就是明知道狀況還故意講這些吧！」

古城抱頭喊了出來。

隨後，房裡響起輕快的電子音效。電子音效的來源是擺在浴室旁邊的洗衣乾衣機。

「似乎正好乾了。」

夏音自顧自地起身去拿烘乾的衣服。

疲憊不已的古城抬頭看了賢生。

「叶瀨的老爸怎麼會在這裡？不是應該被人工島管理公社監禁嗎？」

「畢竟人工島管理公社處於瓦解狀態，我又何必繼續受制於人？」

「那樣行嗎？」

那不就等於逃獄嗎——古城板起臉孔。

「因為在官方紀錄上，叶瀨賢生並不是罪犯。讓他在這種局面出來走動，應該還可以容許。他的情況跟逃離魔族收容所的其他魔導罪犯並不相同。」

黑貓苦笑著幫賢生說話。古城頗不安地回望黑貓問：

「聽妳的說法，簡直像有魔導罪犯逃離收容所了耶……」

「領主人選中有幾成應該是逃犯，否則再怎麼慘，絃神島的治安也不至於才兩天多就亂成這樣吧？」

「像狼愚聯盟那些人是從哪裡冒出來的，原本我還覺得奇怪，居然是這麼回事啊……」

黑貓草率的說詞讓古城厭煩地咂嘴。

就在這時候，夏音特地幫古城把烘乾的衣服摺好拿了過來。

夏音本來還想在旁邊一起換衣服，古城急忙把她趕到了房間隔板後頭，然後用疲倦的語氣繼續發問：

「不過真的會惹出大事的那種囚犯都是那月美眉在管理，所以不要緊吧？」

不知為何，房間裡的氣氛瞬間變了。賢生的臉色更添陰沉，黑貓也當面轉開視線。

「咦，這種沉默是怎樣……？喂，老師？」

緣裝成普通的貓咪沉默不語，古城硬是抓住她逼問。即使如此，黑貓仍沒有鬆口。

在東拉西扯之間，換完衣服的夏音就整理好儀容回來了。

「久等了。」

「那麼，我們走吧。」

叶瀨賢生樂得開了口。古城訝異地來回看著他和黑貓的表情。

「你說走，是要去哪裡？賓館的費用呢？」

「今天會先由獅子王機關代墊，之後你再付給雪菜。」

「呃，誰要付啊！」

黑貓的發言聽起來只像在整人，使得古城聲音變調地破口大罵。古城覺得不趁現在鄭重抗議的話，這隻黑貓難保不會真的下令要雪菜討錢。

當古城他們瞎扯時，賢生已經在準備魔法陣了。

空間移轉（Teleport）屬於高階魔法，縱使是賢生，也無法不經事前準備就直接動用。能辦到那種事的，只有少部分像那月一樣強大的魔女。

「抓著我，夏音。第四真祖也一樣。」

夏音跟賢生牽起手，空下來的另一隻手則握了古城的手。

賢生唱誦複雜的咒語發動魔法，古城他們的視野如目眩般產生搖晃。

彷彿從重力獲得解放的短瞬飄浮感湧上，等到那種感覺消退時，古城等人已在陌生建築物之中。沒有窗口，看似地下室的空蕩房間。

室內整齊擺放著大量書籍、電腦以及魔法用實驗器具。

「這裡……是你的研究室？」

古城不自在地看了室內一圈，然後問道。

「絃神島第六魔導研究所，指定用以研究禁咒級魔法的最高機密設施。是領主選鬥開始後，少數仍殘存下來的人工島管理公社相關設施。」

賢生操作位在附近的螢幕，秀出建築物的示意圖。

研究所位於人工島北區的地下最底層。這地方與外界隔離，似乎與收容所相近。結果特殊的封閉環境從領主選鬥中救了研究所，保護研究所的特區警備隊部隊似乎也毫髮無傷地留了下來。

「這棟建築物的水與電力都獨立於絃神島本身，有自己的一套供給系統。存糧足夠，跟鄰接領地的領主人選也已經談妥互不侵犯，目前安全無虞。」

「目前是嗎……算了，你人平安倒是值得慶幸。」

古城用懷疑般的目光看了賢生。他會跟緣共謀，甚至使出類似空間移轉的魔法將古城帶來這種地方，應該並不是為了讓古城有安全的地方可躲。

「──院長大人！」

站在古城旁邊的夏音突然發出欣喜之聲。

研究室的老舊沙發上坐著一具身高不滿三十公分，有一張東方美麗臉孔的人偶。這具人偶對夏音的呼喚抬起了臉，還用格外高傲的態度開口：

「噢，夏音，長途奔波辛苦妳了。時差已經調回來了嗎？」

「應該先關心的不是這一點吧……」

她的發言跟局面不搭調，讓古城嘆了氣。這具人偶的真實身分是名為妮娜·亞迪拉德的古代大鍊金術師──最後淪落的模樣。

她因為某起事件失去了大部分的肉體，在那之後就成了這種近似小動物的尺寸，被夏音飼養著。就算淪為這副模樣，高傲的態度仍舊不改，或許這正是她偉大的地方。

「妮娜怎麼會跟叶瀨的老爸在一起？」

古城越發警戒地問了。對此緣做了回答：

「那女人是我找來的。畢竟最清楚要如何修理人工生命體的，再怎麼說還是鍊金術師。薑是老的辣嘛。」

黑貓隨口說出的一句話讓妮娜不爽地板起臉。

「妳可沒立場說別人老吶，長生種的老人家。妾身也才活了兩百多年而已。」

這番話讓黑貓抖了抖耳朵。

「別一開口就虛報了七十歲之多。當妳兩百歲時，我甚至還沒出生在這世上呢。」

「妳說的謊也未免太假了。據說將農耕及種稻技術傳來日本的，不就是妳本人嗎？」

「我再長命也不記得自己有活那麼久啦！」

「妳們的年紀之後再聊，先告訴我修理人工生命體是怎麼回事。」

古城一臉沮喪地制止人偶與黑貓的無謂爭執。然而，她們都還沒回答古城的問題，夏音在旁邊就冒出了屏息的動靜。

「大哥……」

「咦？」

古城順著夏音動搖的視線，凝神朝研究室內部望去。

整面落地窗的另一邊。在昏暗的個人房裡，設有看似熱帶魚水槽的透明圓柱。圓柱裡灌滿了藍色液體，有東西漂浮於其中。

那是個嬌小的少女。

藍色長髮如海草在水中擺動，肌膚潔白炫目。

除了供給氧氣的管路，她身上什麼也沒穿，取而代之將她的皮膚裹住的是繃帶。苗條的上半身被石膏固定著，滲出的血弄髒了水槽中的溶液。

「亞絲塔露蒂……」

古城喚了她的名字。漂浮在水槽中的，是古城熟知的人工生命體少女。南宮那月的助手亞絲塔露蒂身負重傷，正沉睡著。

「這是怎麼回事！亞絲塔露蒂發生什麼事了……！」

「末日教團下的手。」

黑貓回答逼近的古城。

「什麼……？」

「基石之門遭受末日教團襲擊的那一晚，這孩子有過去支援窮途末路的特區警備隊，跟南宮那月一起。」

「眷獸呢……？難道亞絲塔露蒂沒有用眷獸嗎？」

古城困惑地反問。

亞絲塔露蒂是世上絕無僅有的眷獸共生型人工生命實驗體。她身為人工生命體，同時卻也能使役眷獸。

亞絲塔露蒂的人工眷獸「薔薇的指尖」，具有連第四真祖眷獸也無法輕易打倒的高防禦力。就算對方是末日教團，想必也無法輕易傷害到召喚眷獸時的她。

然而妮娜冷冷地搖頭。

「末日教團用的攻擊，將眷獸連同亞絲塔露蒂一起劈開了。」

「劈開？」

「正是如此。傷到亞絲塔露蒂的，是以銳利刀械使出的砍劈。」

「區區刀械，能砍傷亞絲塔露蒂的眷獸嗎？」

古城太過訝異，一瞬間都忘了憤怒的情緒。

對身為濃密魔力聚合體的眷獸來說，物理性攻擊幾乎不管用。別說槍彈，恐怕連戰車砲也沒有意義。區區刀械要貫穿眷獸的防禦，傷害到宿主，更是絕無可能，聽起來只像差勁的玩笑。然而——

「訝異什麼？在你身邊，也有人帶著可以辦到這種事的武器吧？」

「什麼……？」

妮娜的指正讓古城發出驚呼。沒錯，古城知道那項武器的名字，因為他曾借助武器的主人之力，打倒亞絲塔露蒂的眷獸。

「獅子王機關的七式突擊降魔機槍(Schneewalzer)，還有改良型六式降魔劍(Rosenkavalier Plus)——原理雖不同，卻都可以劈開眷獸，因為那就是為此打造的武神具。」

叶瀨賢生替古城回答。獅子王機關給劍巫的專用武器——七式突擊降魔機槍能讓眷獸的魔力失效；改良型六式降魔劍則能斬裂空間本身，藉此對眷獸造成傷害。

「還有另一把武器——可以說是人工眷獸『薔薇的指尖』的天敵。就是聖團的魔劍『炎喰蛇』。」

「你說……『炎喰蛇』？」

古城詫異地瞪向賢生。

魔劍「炎喰蛇」目前的主人是香菅谷雫梨。熱血有如正義感化身的她絕不可能傷害亞絲塔露蒂。古城這種把握化成了怒氣流露而出。

陰沉的魔導技師卻毫不在乎地承受古城的視線。

「『炎喰蛇』能在砍向對手以後，將對方的魔力奪取轉換成自身的威力，只要有它——或者與『炎喰蛇』同等級的魔劍，就可以劈開『薔薇的指尖』。因為『薔薇的指尖』會被本身魔力重創。傷害那具人工生命體的攻擊，便是靠這種原理。」

「同等級的魔劍……我懂了……原來末日教團那些人也持有『炎喰蛇』嗎……！」

古城的拳頭顫抖。他總算理解自己被叶瀨賢生帶來這裡的理由。

這是一項警訊。敵方用武器劈開了「薔薇的指尖」，第四真祖的眷獸未必不會落得相同的命運。他們是在忠告古城這一點。別小看末日教團，言盡於此——

「亞絲塔露蒂能救活嗎？」

古城用認真的語氣問道。妮娜神情高傲地笑了笑。

「你以為妾身是什麼人？賭上古代大鍊金術師妮娜·亞迪拉德之名，妾身絕對會將那女孩救活給你看。」

「麻煩妳。」

「包在妾身身上。趁這個機會稍微替她隆乳好了。」

「啊～～……這部分還是節制一下啦。」

妮娜毫無緊張感的話語讓古城笑了出來，夏音也微微笑著。

黑貓仰望漂浮於水槽中的亞絲塔露蒂，深深發出嘆息。

「當我抵達基石之門時，這女孩自己受了瀕死的重傷，卻還在幫那些受傷的攻魔師急救。假如沒有她，古詠應該早就喪命了。」

「這傢伙就是這種個性。她本來就不適合戰鬥。那月美眉也是因為知道這一點，才把她帶來我們學校，盡可能讓她過普通的生活——」

話說到一半，古城停下了動作。

動搖的情緒導致他全身逐漸失去血色，喉嚨在顫抖，無法順利呼吸。居然一直到剛才都沒發現這麼要緊的事，真該詛咒自己的愚蠢。

「那月美眉呢……！那月美眉在做什麼！亞絲塔露蒂傷成這樣，她還放著不管——」

「南宮那月似乎被吞了。」

古城追問時急得簡直像要咬人，黑貓就用不帶情緒的嗓音告訴他。

愣住的古城眨了眨眼。

「被吞了……？」

「末日教團的施術者用觸手將南宮那月納入體內，亞絲塔露蒂目擊了那一幕。目前她生死不明。」

黑貓只是淡淡地告知事實。

「可是，那月美眉她……」

「沒錯。『空隙魔女』的本尊存在於她在自己夢中創造出來的異空間。只要她仍沉睡著，就沒有人能真正傷害到南宮那月。」

「既然這樣——」

古城想巴著那一絲希望，黑貓卻冷冷瞪向他予以制止。

「不過，假如敵人操控空間的技術高過『空隙魔女』，那就另當別論。或許對方會用她在現實世界的分身當『鑰匙』，成功入侵至監獄結界。」

「事到如今，末日教團還想利用監獄結界做什麼……？」

「能查出這一點就省得辛苦啦。」

黑貓像要劃清界線一樣冷冷說道。

「不過，如果查得順利，或許那會成為辨明他們身分的突破口。」

「……突破口？」

「為何他們會持有跟『炎喰蛇』一樣的魔劍？為何想入侵監獄結界？——只要曉得理由，或許就能了解末日教團有何目的。」

「這一圈繞得還真遠。」

古城挖苦味十足地回嘴。黑貓似乎露出了微微的苦笑。

「表示對方就是如此棘手。你也明白這一點吧？」

「……該怎麼調查才好？」

「交由我們這邊來辦。收集與分析情資是對付恐怖攻擊的基本，獅子王機關專精的就是這塊領域。」

黑貓充滿力道地斷言。政府沒有發下許可，因此獅子王機關總部無法派人力增援，不過仍然可以提供情資給予間接的協助——她是這麼說的。

這是不錯的提議。跟當下無網路可用的絃神島相比，位於日本本土的她們在情資蒐集方面便有壓倒性優勢。

「我懂了。麻煩也順便蒐集『吸血王』的情報。」

「『吸血王』……？」

黑貓納悶地抖起鬍子。古城帶著苦瓜臉點點頭。

「那傢伙用了跟第四真祖（我）一樣的眷獸。那應該會成為線索。」

「操控跟第四真祖一樣的眷獸，還自稱第四真祖的吸血鬼嗎？聽來滿耐人尋味。」

叶瀨賢生彷彿好奇心受到了刺激，眼裡幽幽發亮。古城則疲倦地搖頭說：

「就說不是尋開心的時候了。」

「確實是頗有價值的提示。好吧，我會試著蒐集情報。」

黑貓賊賊地瞇眼笑了。

「對啊，靠你們了。」

古城坦然說出期待之語。

到目前為止，都是末日教團莫名其妙地單方面把人耍得團團轉。然而，現在總算掌握到反擊的頭緒了。雖然希望渺茫，但總比一無斬獲好得多。

「然後呢，第四真祖小弟，你接下來又有什麼打算？」
黑貓用考驗般的語氣問古城。
這個嘛——古城遲疑了一會兒。
叶瀨賢生說過這座研究所安全無虞，倘若相信他所言，亞絲塔露蒂應該可以交給妮娜她們照料。接下來古城必須優先做的事，仍是跟雪菜等人會合。
「叶瀨老爸，你能不能用空間移轉帶我到彩海學園？」
古城向賢生確認，賢生卻一臉不悅地瞪著古城說：
「我可沒道理被你叫老爸喔。」
「……呃，我不是那個意思啦！你應該懂吧！」
「開玩笑的。」
賢生露出只掛在嘴邊的陰沉笑容，古城則誇張地抱頭。這個男人開的玩笑實在很難懂。
「不過，要用空間移轉……我恐怕是辦不到。」
「咦？」
賢生帶著嚴肅的臉色抬頭看向天花板。
塵埃四處飄落，LED燈光閃爍不停。遠雷般的低鳴聲響起，研究所建築微微震動了。
絃神島的大地正在搖晃。

「出了什麼事？」

古城對賢生反問回去。賢生靜靜地搖頭。

「有大規模的空間震動。恐怕是末日教團在搞鬼。」

「末日教團……你說這是空間震動？」

強烈的縱向震波來襲，將古城震到牆角。夏音與黑貓跟著跌倒，古城便把她們連同妮娜都接到懷裡。

賢生打開了牆上的螢幕，上頭映出的是絃神島全景。

強烈陽光照耀著的亞熱帶藍天，白色雲朵，簇擁密集的現代大樓。

這些景物都像漣漪一樣搖晃著。

通往異界的虹色空隙看似雨停後的清澈水窪，巨大的空間震波將絃神島覆蓋殆盡。那就是搖撼絃神島的震動來源。

不久，宛如將水面撥開，從虛空中出現了身影。

披著純白大袍的人影。

為數幾百，或者多達幾千——

而且他們的頭部都罩著仿效各種生物頭骨的面具。

那模樣簡直像降臨於絃神島的大群死神。

「這是搞什麼……！」

古城發出沙啞的嘀咕。

斷斷續續的震動又開始搖撼人工島了。

映於螢幕上的景色中到處有爆發的火焰噴湧。

那些末日教團的使徒開始跟領主人選交戰了。

被分隔成好幾塊領地的絃神島；領主人選之間的同盟與對立；還有來襲的數千名末日教團眾使徒。

如今，領主選鬥正逐漸轉變成戰爭，令絃神島烽火連天的真正戰爭——

「你們這些人，到底在搞什麼……！末日教團！」

古城的咆哮響遍位於地下的研究室。

遠處似乎響起了自稱吸血王的俊美少年大笑的聲音。

第四章 吾名爲「無」

Kenon

第四章 吾名為「無」

Kenon

1

端起白瓷茶杯，將琥珀色液體含進嘴裡。

於是，她蹙了眉頭，板起人偶般端正的臉，傻眼似的搖頭。

「難喝。」

南宮那月粗魯地扔掉茶杯，金髮少年有些困擾似的回頭看了她。那是自稱「吸血王」的少年。

他們人在古老城寨的一處房間，沒有窗口的空蕩茶室。那月和少年隔著木紋骨董茶几面對面而坐。

將那月綁在椅子上的是刻有咒紋的長緞帶。此時的那月是階下囚，末日教團的人質。

「不合妳的意嗎？這用的可是目前買不到的頂級茶葉。」

然而，少年禮數周到地問了被逮的那月。

「說得保守一點，這比亞絲塔露蒂的尿還不如。跟你們再合適不過。」

那月傲然冷笑。

隨侍於少年身後的紅眼少女對其舉動大為光火。

「小丫頭……！」

從少女的白色大袍下襬吐出了無數的黑色觸手。

如蛇一般蠢動的觸手就像各自具備獨立意志，殺向那月。

凶惡觸手應該一擊就能輕易折斷那月細細的頸子，並毫不留情地撕開她的四肢。

不過，在觸及那月的前一刻，它們便遲疑似的停下動作。

「怎麼？不動手嗎？」

那月望著滴下透明黏液的眾多觸手笑了笑。少女不甘地瞇起紅眼。

「辦不到嗎？要是讓我醒過來，你們就頭痛了吧？」

「……原來妳發現啦。」

金髮少年和氣地微笑。

眾多觸手不滿似的一邊掙扎一邊回到少女的大袍之中。

即使目睹那醜惡的模樣，那月仍面不改色。少女在最後關頭恢復冷靜，似乎反而讓那月覺得遺憾。

「賦予魔女的能力，取決於契約的代價大小……」

那月攪拌著眼前的紅茶，喃喃自語似的發出嘀咕。

「她所擁有的守護者與我的『輪環王』屬同一等級，表示那女的負有跟我相同的契約。換句話說，就是得在監獄結界擔任獄卒──我有說錯嗎，章魚姑娘？」

「──！」

伴隨不成句的短短驚呼，紅眼少女朝那月逼近。

「住手，梅麗洛艾。」

「吸血王」厲聲制止三言兩語就被挑釁的少女。

然後，他安撫似的對那月柔聲開口：

「我們不能讓妳醒來，我不打算重蹈仙都木阿夜的愚蠢覆轍。監獄結界就是要在妳的夢中才會有價值。」

少年的話讓那月微微挑眉。

所謂監獄結界，是那月在自己夢中構築的異世界。

宛如沉眠於荊棘之城的公主，那月也在自己的夢裡沉睡著。

而她在時光停止的那個異世界裡幽禁了眾多凶惡的魔導罪犯。那就是那月必須付出的代價。那月年幼時為復仇而追求力量，與惡魔交換契約的代價。

只要那月沉睡於那座「異界的牢獄」，就沒有任何人能傷到她。

不會老也不會受傷，更不會喪命。

因此憎恨那月的那些人以往都用盡了手段想讓她醒來。除非那月從夢裡醒來，否則被關在監獄結界的罪人就不可能逃獄。

然而，「吸血王」卻說他無意喚醒那月，這一點讓那月感到意外。

「深淵（Tartaros）、冰獄（Cocytus）、冥府（黃泉）、空中樓閣——名稱雖各有不同，但連眾神都會被永遠囚禁的受詛牢獄從遠古時代便存在於世界各地。那種異界的牢獄總會有一名管理者——就像妳一樣。」

「管理者？應該是可悲的祭品才對吧？」

那月自嘲似的插話打斷。

「是啊，他們也無法離開牢獄。」

少年認同那月說的話，並且點了頭。

「畢竟牢獄的存在正是由那些人來支撐。假如他們從牢獄離去，牢獄也會跟著消失。沒有人作夢，夢便會消失——」

「那就是你們不敢傷我的理由嗎？若是在這裡的我遭到破壞，使我的本尊醒來，監獄結界也會跟著消滅。」

「精確來講，並不是消滅，而是在斷絕與夢境的聯繫之後被驅逐至現實世界。哎，不過以結果來說是同一回事。」

少年靜靜表示同意。那月挖苦似的揚起嘴角說：

「那麼喜歡作夢的話，你可以親自去嘗試。我曉得不錯的安眠藥，或者要我替你唱搖籃曲？」

「有妳唱搖籃曲倒滿吸引人，然而，遺憾的是我無法作夢。」

「吸血王」哀傷地聳了聳肩。

「不過，妳說得有理，正確無誤。我就是因為自己無法作夢才會追求妳的夢。妳應該曉得集體潛意識吧。」

「魔法中的基礎。你是指超越民族與人種，共通存在於全人類內心的潛意識？」

那月用不感興趣的語氣回答。少年滿意地點點頭。

「對，正是如此。介入集體潛意識的手段之一就是作夢。換句話說，那表示所有夢境『都透過集體潛意識相連在一起』。」

「什麼……？」

那月繃緊了臉。她聽出「吸血王」繞圈子的說明有何含意了。

所有的夢境都藉由集體潛意識相連在一起——

換言之，代表存在於夢中的「牢獄」也是彼此相連的。

「在妳的監獄結界深處有妳所不知的門，跟以往存在於世上的眾多『異界牢獄』彼此相通的門——」

「嘖……『輪環王』——！」

那月喚出自己的「守護者」。為證明契約已成，由惡魔賦予魔女的眷屬。那既是魔女力量的來源，同時也是魔女的監視者。

那月獲得的「守護者」是騎士巨像，由機械裝置組成的黃金騎士。但——

「『無名(Outis)』！」

黃金騎士尚未完全具現成形，其龐大身軀就被黑影吞噬了。

黑影的真面目是無數觸手。少女從大袍下襬吐出觸手綑住那月的「守護者」，防止其具現成形。

「守護者」被封，那月皺起了年幼標緻的臉，「吸血王」便同情似的溫柔地望著她說：

「梅麗洛艾跟妳一樣身為『牢獄』管理者，就能開啟那扇『門』，用來解放過去被囚禁的末日教團使徒的『門』——」

「末日教團……自古便侍奉真正第四真祖之人，是嗎？」

那月將斷斷續續的話語串成句子。

「我一直都覺得不可思議。第四真祖——打倒咎神該隱以後，完成使命的『原初(Root)』就被創造主天部親手扯裂，其肉體封印到十二具人工吸血鬼體內。儘管如此，第四真祖的恐怖傳說卻從沒有斷絕。第四真祖會在歷史中的任何場景現身，於世界引發混亂與破壞。」

「沒錯，第四真祖的名號非得是恐怖的象徵才行。非得是懷有壓倒性惡意與憎恨，將世界燃燒殆盡的存在——要不然，『她們』就太可憐了。」

金髮少年在言語中加重力道。有別於以往的溫和微笑，他的嘴邊浮現蘊含瘋狂的笑意。

「從遙遠的過去就一直冒用第四真祖的名號，不斷發動大規模魔導恐攻的集團——那就是末日教團的真面目嗎？」

「是啊，到處都有我們存在。我們會出現在歷史上的任何場所——以免世人忘了被眾神詛咒的最強吸血鬼，第四真祖的名號。」

少年把臉朝向自己腳邊。

隨後，那月等人所在的城寨便劇烈搖晃。

透過被喚作梅麗洛艾的少女所用的觸手，有龐大魔力流出，人稱監獄結界的空間本身正在搖盪。

那是位於監獄結界地下最深處的「門」被開啟而產生的振動。

同時也是分隔那月的夢與現實世界的「門」被打開所造成的衝擊。

「『異界牢獄』裡關著窮凶惡極的魔導罪犯，當中便聚集了歷代末日教團的眾多使徒——我要放他們出來。他們將在這個時代、這個世界，於絃神島一起甦醒，為了帶給人們真正的絕望。」

「你這個人已經壞了，『吸血王』。」

那月望向欣喜地談著這些的少年，冷冷地說了一句。

「壞掉的是這個世界喔。我們只是讓它回歸原本該有的模樣。」

少年起身背對那月，態度彷彿在說來這裡要辦的事情已經處理完了。

「末日教團真正的目的是什麼？」

那月朝著他小小的背影直截了當地問。

「啊，是我失禮，我忘了交代這一點。」

少年緩緩回頭，並用閉著的眼睛朝向那月。

「我們要選出新領主，從絕望中拯救眾人的新王——他將不會侷限於『魔族特區』，還會成為這個世界的真正領主。」

「吸血王」的身影彷彿溶入搖盪的空間，逐漸被虛空吞沒。

追隨於他身後，監獄結界的城門有無數罪人逃脫而出的動靜。眾多披著純白大袍，戴了頭骨面具的人型夢魘——

那月默默地目送那些人。

她以軟弱少女的模樣無能為力地目送他們。

2

紘神島特有的零星驟雨下完，天空有整片鮮豔的晚霞。

以那染紅的天空為背景，可以瞧見群眾聚集在大廈樓頂的蹤影。

如軍隊般統帥有方，光看就覺得強壯的一群人，總數近百人。以紘神島上的魔族集團來說，應屬頂級規模。

「已經有動作了嗎？速度真快。」

矢瀨一邊用屬於學校公物的望遠鏡探視，一邊生厭地嘆了氣。

天奏學館將四名領主人選組成的聯軍擊退，進而登上排行榜前列，是在約兩小時前。結瞳等人的戰力急遽增強，會有其他勢力感到不快是可想而知的事。趁著天奏學館的勢力尚未進一步擴張，也不難想見會有人打算先下手為強。

縱然如此，採取動作的速度這麼快實在是出乎意料。在戰鬥中有所消耗的結瞳陣營還沒有穩住局面，或許對方就是想趕在此時打垮他們。

『在生活百貨商場的立體停車場，有位居領主排行榜第二的萊諾．由谷率領「特區解放軍」坐鎮是也。成員主要是前特區警備隊的魔族傭兵，屬於名列前茅的強手之一。就兵員的水準來說，應可視為全領地最強是也。』

麗迪安搭上深紅色有腳戰車，查出敵人的底細。

前特區警備隊的頭銜，讓待在總部帳篷的學生們有了鼓譟的動靜。

雖然說特區警備隊的人兩三下就被末日教團擺平，但他們仍是對付魔族的行家。指揮系統遭到截斷，使他們落得分崩離析的狀態，然而大多數的警備員於此刻依然在絃神島各處為保護市民而奮戰。

不過，當中也有拋下自身職責，轉而投入領主選鬥的隊員。特區解放軍就是由那種敗壞的前警備隊員組成的一群人。

光是被他們盯上，狀況就夠棘手的了，更糟的是想對天奏學館不利的並非只有特區解放軍。正好與特區解放軍坐鎮的生活百貨商場位於相反側，隔著一條運河，對岸也有敵對的領主身影。

「那些傢伙是？」

矢瀨用草率的語氣問道。

麗迪安將戰車的主鏡頭調頭過去。

『那是排行第四名的極樂商會領域是也。目前應該只是在觀望狀況。擔任領主人選的設樂白山會長屬於黑妖精種，比起用武力，那一型的人更會設法用金錢解決問題是也。』

「……假如我們這邊有機可乘，就打算從背後反咬一口嗎？討人厭的傢伙。」

矢瀨輕蔑似的咂嘴。或許對方是想讓天奏學館和特區警備隊互鬥，等兩邊人馬都消耗得差不多再發動攻擊。很像是精明商人會用的高效率手段。

待在戰車裡的麗迪安也對矢瀨的意見表示同意：

『然也。極樂商會乃是我蒂諦葉重工的生意對手。』

「原來如此。所以他們對內戰或紛爭也都駕輕就熟吧。」

矢瀨的臉色越顯不悅。

跟蒂諦葉重工有競爭關係，就表示極樂商會是軍火商，對於戰爭的相關知識自然也有所累積才是。要是把對方當成區區的貿易公司，下場就慘了。

「怎麼辦，小領主？要先主動進攻嗎？」

齊伊用絲毫感覺不出緊張的語氣問。

他躺在總部的帳篷底下，正一臉享受地大啖領到的點心。那是天奏學館的一般學生在家政教室烤的杯子蛋糕，以女校為主體的領地才有這種特典。

「怎麼可能那樣做嘛。」

結瞳擺出氣呼呼的囂張表情回望齊伊。

「對方是臣民十萬人的大規模領域耶，可以戰鬥的魔族人數和裝備也相差懸殊。我們才不能主動進攻，讓領地的防守變得薄弱。」

「要是讓利維坦的所有砲門齊射，似乎一瞬間就能解決啦。」

齊伊用不負責任的語氣爭辯，就被結瞳狠狠地瞪了。

『他們也曉得這一點，才用商業設施當擋箭牌乎。』

麗迪安勸解似的笑著說道。

特區解放軍作為據點的生活百貨商場在人工島西區是舉足輕重的供給據點，如果胡亂攻擊造成損害，紘神島市民的生活水準將大受影響。為了獲得臣民支持，也必須讓建築物毫髮無傷地留下來。以結果而言，結瞳當成王牌的海上砲擊形同無用武之地。

「話說回來，這樣也有點無聊耶。他們能不能早點進攻呢？難不成要這樣一直對峙？」

札娜用食指勾著手指虎轉來轉去，一邊提出不滿。

「對方在等入夜吧。」

齊伊隨口嘀咕了一句。札娜有些不解地看向他問：

「入夜？」

「無論獸人或吸血鬼，想發揮本領都要等入夜。相對地，一過晚上九點就是我們小領主上床睡覺的時間了吧？」

「宿舍的熄燈時間是晚上十點！」

被當成小孩對待的結瞳賭氣地回嘴。

矢瀨無奈地把手湊到後腦杓。先不管幾點鐘上床睡覺，若是戰鬥拖久，明顯會對天奏學館不利。經過白天的戰鬥，除齊伊他們倆以外的人都累了，更重要的是作戰人手嚴重不足。

「怎麼辦？要不要趁現在先補眠呢？」

凪沙關心似的問結瞳。

「可是，對方未必不會發動奇襲……」

結瞳無助地搖頭。應該是身為領主人選的責任感干擾，使她無法主動開口說要休息。

然而，要是結瞳像這樣消耗體力，結果就會順了特區解放軍的意。

該逼她休息嗎？當矢瀨開始猶豫時，忽然間，麗迪安的戰車發出響亮的警告聲。

矢瀨本能性地察覺狀況有異，便無意識地抬頭往上看。

傍晚染紅的天空——

那片天空像在夜裡迎接暴風雨的海面一樣搖盪。

炫目的光芒從視野中閃過，虹色極光逐漸滿布天空。

『多麼詭譎……』

麗迪安用浮誇的語氣驚呼。戰車搭載的各類感應器同時告知異常，麗迪安忍不住切掉警告的音效。

「矢瀨……這是什麼情況？」

凪沙像在尋求依靠，望著矢瀨問道。不清楚——矢瀨含糊地搔頭回答：

「空間移轉嗎……？」

「不……你錯了。這玩意兒是結界世界的『門』。」

齊伊舔著手指沾到的蛋糕屑，並用認真的語氣說道。矢瀨訝異地看向他。

「結界世界？難道……是那月美眉的監獄結界？」

「這樣啊。我都忘了『空隙魔女』就在這座島上。」

齊伊看似心服的大大點了頭。

「不過，那些人看來並非區區逃犯。」

「……咦？」

矢瀨又一次抬頭看了天空。

虹色極光如雨般灑落在絃神島所有區域，彷彿有無數的人影由那道光幕鑽出現身。

監獄結界是南宮那月於夢中構築的「異界牢獄」。既然那裡的「門」打開了，從中出現的人影理應都是普通監獄無法應付的凶惡魔導罪犯。

然而從虛空出現的那些人模樣卻與矢瀨想像的不同。

高大的；嬌小的；具人型的；呈異形的；儘管姿態各異，他們的服裝卻是共通的。

純白大袍，以及仿效獸類頭骨的面具——

「那種面具……！是末日教團……！」

矢瀨嚇得全身都失去了血色。從虛空的「門」出現的那群人無疑都穿著末日教團的衣服，其人數多達數百，或者數千。

他們同時降落在絃神島的各個角落，還隔著詭異的面具睥睨四周。

而矢瀨等人所在的人工島西區也不例外，天奏學館的校地內同樣有幾名使徒降落著陸。

在町上天奏學館的特區解放軍陣地裡也一樣——

『竟然……！』

麗迪安發出困惑的驚呼。

因為由特區解放軍坐鎮的生活百貨商場停車場內發生了大爆炸。

受爆炸波及的隊員被火焰籠罩，滾倒在地上。出手的是末日教團的使徒。

「末日教團在對特區解放軍發動攻擊？」

矢瀨並未針對誰嘀咕，但沒有人回答他的疑問。

在這段期間，絃神島到處都展開了激烈戰鬥。末日教團的使徒攻襲現身處附近的臣民，該領地的領主人選就跟著出手反擊。

「無差別攻擊嗎……！」

矢瀨望著島上各處陸續冒出的火舌，聲音為之顫抖。

隨後，臨時帳篷裡擺設的螢幕畫面一起切換了。

在轉暗(Blackout)的畫面中央首先浮現了『Congratulations!』的字樣，接著則顯示了『Go to the next stage.』這段話。

「下一個舞台……？什麼意思？」

凪沙不安地探頭看了螢幕。

而畫面中浮現了嬌小少年的身影。金髮搖曳如火的俊美少年——是「吸血王」。

『有志成為絃神島新領主的各位——』

依舊閉著眼的他看似愉快地微笑。

『真正的領主選鬥由此開始。不過，規則並沒有改變，只是難度提升了些許。各位的職責是一面保護自己的臣民，一面從敵對的領主人選手中奪取領地與臣民。』

「吸血王」的演講正透過島上所有播放設備轉播到整座絃神島。當然，絕大多數的市民都會聽到他的話。彷彿可見人們驚慌的模樣。「吸血王」像是以此為樂地繼續說道：

『不過，千萬別大意。我們末日教團的眾使徒將無區別地攻擊所有領地的臣民，無力保護臣民的領主便無資格統治絃神島。』

的。

『——結瞳大人！』

「吸血王」的演講尚未結束，麗迪安就喊了出來。

結瞳也立刻有了反應。末日教團的使徒會無差別地攻擊臣民——「吸血王」是如此宣布的。

「會長！請向領地裡的人呼籲，要他們到天奏學館的校舍內避難！」

「我、我明白了。」

人在總部的高中部女學生開始準備於校內廣播，要動員手邊有空的全體學生，對周邊的居民進行疏散避難。

憑天奏學館領域的戰力，沒辦法保護好整塊領地免於受到末日教團的無差別攻擊。雖然學校裡不保證會比較安全，但還是比留在市區要好一些才對。

「麗迪安，幫忙確認出現在領地內的使徒位置！對關係領地的魔族要求支援迎擊！」

『遵命。』

麗迪安連同戰車點了頭。白天時由於結瞳擊敗了領主人選組成的聯軍，她支配的領地範圍便擴增得相當可觀。雖然麾下的魔族也相對增加了，不過兩小時前才投降的他們是否會聽從結瞳指揮倒是未知數。

「不妙了。敵人的數量未免太多……這樣保護不了所有人啦。」

矢瀨在嘴裡喃喃嘀咕。要擊退末日教團的使徒又不造成紘神市民犧牲，即使含蓄而論，這般處境仍是艱難得令人絕望。

更何況，面臨危機的並不只有天奏學館領域，末日教團要攻擊的對象是紘神島的所有居民。

在這種局面下，齊伊應該是處於與事無關的立場，卻莫名認真地陷入沉思。

「我說啊，札娜……妳怎麼看？」

「這個嘛……感覺是有點奇怪。」

動作略顯嫵媚的札娜故作可愛地將頭偏到一邊。

「奇怪指的是……哪個部分？」

矢瀨向兩人問道。

插嘴打斷第一真祖與其搭檔的對話，以常識而言應該是無法想像的恐怖行為，但矢瀨不太有心思對他們客氣。或許那是因為他們倆表現得太輕鬆自然，或者對方的地位實在顯赫過頭，矢瀨的感覺可能已經麻痺了。

「該怎麼說好呢，雜七雜八耶，我是說那些人的風格。」

札娜親切地為矢瀨說明，但他全然不懂那是在說些什麼。

「風格？」

「魔法也有特性及風氣之分，即使是具有相同效果的魔法，日本咒術師和西洋魔導技師所用的道具及術式就不同吧。」

齊伊似乎不忍看矢瀨疑惑，便加以解說。

「還不只國家或民族的差別，魔法的風格也會因時代而異。像獸人之類的魔族亦同，好比這年頭的獸人在獸化時就不會特地大吼，畢竟那只會讓他們淪為被狙擊的肉靶。為了威嚇而突顯自身高大的做法，最多只用到干戈相見的中世紀為止。」

「還有吸血鬼用的眷獸，也是會隨時代興廢喔。」

札娜指了市區的方向說道。

在生活百貨商場附近的路上，末日教團的使徒召喚的眷獸正在對特區解放軍的一支部隊展開攻擊。矢瀨當然不認得那頭眷獸。

「雖然也有血統及適性因素，但眷獸的模樣基本上是宿主想像出來的產物。有時會流行四大元素系，有時物理性攻擊的類型也會回歸潮流——大約是以三百年為週期吧。」

「是喔……」

即使札娜說得好似理所當然，矢瀨也不懂眷獸的流行。恐怕是外行人沒辦法察覺的微妙差異吧。然而，問題的核心並不在那裡。

「那麼，他們的風格之所以雜七雜八……」

「表示那些人『並不是同一個時代的使徒』。也好，就來確認一下吧——」

齊伊隨意將視線轉向背後，矢瀨也跟著回頭。

虹色極光灑落在天奏學館的校地內，有使徒出現於校舍樓頂，跟矢瀨等人的帳篷距離不到三十公尺。

凪沙發出短短的尖叫，結瞳則是臉色蒼白地備戰。麗迪安的戰車急速調頭，將機槍槍口對準使徒。

然而，齊伊出手更快。

從他所揮的拳頭釋出了看不見的衝擊波，將使徒的面具打破。光是用順著拳勁釋出的魔力，就將位於三十公尺外的使徒震飛了。

面具破掉的使徒身影又被虹色光輝籠罩。

其輪廓如蜃景般搖曳，不久便無聲無息地消失，只留下被齊伊出手挖掉的樓頂混凝土，以及被打破的面具碎片。

「如我所料。這些傢伙本來就不是存在於這個世界的魔導罪犯，只是靠那副品味差勁的面具才有力量短暫現身。」

齊伊若無其事地甩了甩手。

矢瀨目瞪口呆地呆站著，並且回望豪爽的第一真祖問：

「那麼，只要毀掉這些傢伙的面具——」

「就能強制送他們回監獄結界。話雖如此，那些人也明白這一點。要毀掉面具可沒那麼容易，或許一勞永逸地全宰了還比較省事。」

「會覺得那樣省事的只有你啦……！」

矢瀨疲倦地仰頭看天。紘神島上空至今仍像海面一樣蕩漾著，虹色極光還繼續將末日教團的使徒傾倒而出。

當中有幾人已經降落到天奏學館的領地內了。但——

「結瞳仔！『戰車手』！」

「就說了請你別那樣叫我！」

『要將面具毀掉是也。在下明白！』

結瞳嘴裡發著牢騷，仍率領魔獸們往樓下跳。魔獸們受了她的操控，便相互配合對使徒展開攻擊，並扒下他們的面具破壞掉。

麗迪安也將機槍切換成橡膠彈，開始對使徒進行狙擊。

要讓戰鬥力高的眾使徒無力化並非易事，但如果只是要破壞他們的面具，難度便大幅下降。

出現在領地的使徒數目逐漸減少，總部也開始飄著一股安心的氣息。

「行得通嗎……？」

矢瀨隔著樓頂的圍欄觀望結瞳大展身手，嘴裡冒出樂觀的嘀咕。

而彷彿在嘲笑這句嘀咕，矢瀨背後出現了新一波爆炸。發生於天奏學館的領域邊界，流過人工島接縫的運河方位。

有群人打破圍繞天奏學館的高牆，入侵進來了。來者並非末日教團的使徒，而是身穿保鑣風格的黑衣，由獸人與吸血鬼混合組成的部隊。

『極樂商會！豈有此理，居然在這種時候侵略領地……！』

麗迪安認出入侵者的身分便發出驚呼。

在排行榜位居前茅的領主人選覬覦天奏學館的領地，就趁末日教團進攻時發動了奇襲。

他們並沒有入侵矢瀨等人所在的校舍，而是朝市區一角前進。

在那裡，有才剛率領魔獸擊退面具使徒的年幼少女身影。

「糟糕！那些傢伙的目標是——」

「結瞳——！」

矢瀨和凪沙同時叫了出來。

只要打倒身為領主人選的結瞳，天奏學館領域就會垮台。極樂商會的領主人選在混戰之中，一直虎視眈眈地想挑結瞳孤立時下手。

結瞳發現有意料外的敵人接近而回頭。

可是，距離已經不可能讓她逃走。

極樂商會的獸人們動手排除保護結瞳的魔獸。吸血鬼們確認過這一點，便陸續召喚了眷獸。

麗迪安的戰車砲擊對那些眷獸無效。

結瞳只能眼睜睜地茫然看著敵方眷獸逼近而來。

齊伊短短咂了下嘴，準備舉起右手。

不過，他在中途停下了動作。

因為他發現在陷入絕境的結瞳前方突然有一道身影翩然而至。

那是個嬌小的黑髮少女，身穿彩海學園制服，手裡握著銀色長槍。她用近似舞蹈的洗鍊動作優美地使出槍花，貫穿成群眷獸。

眷獸們發出痛苦的咆哮，並且濺血似的灑出魔力之炎消失了。

「雪菜姊姊……！」

結瞳驚訝地呼喚少女的名字。

「妳沒事吧，結瞳？」

姬柊雪菜確認結瞳平安以後就安心地露出微笑。

「我在來這裡的途中發現他們想對妳不利，就一直保持警戒。幸好趕上了。」

「姊姊……」

只見結瞳仰望雪菜的眼裡逐漸盈上淚水。差點被眷獸殺害的恐懼，以及憑一己之力擔任領主人選將領地維繫至今的沉重壓力——種種情緒一擁而上，讓她壓抑不住了。

「已經沒事了，我們會保護妳。」

「好的……！」

結瞳粗魯地擦掉眼淚，接著立刻露出納悶的臉。因為雪菜說話時用了「我們」這個複數人稱詞，結瞳似乎對此感到疑問。

不過，結瞳的這個疑問立刻就冰消雪釋了。

因為有新的援軍追在雪菜後頭出現。

同樣是身穿彩海學園制服的少女。

任由純白長髮飄揚，手握深紅色長劍。她將起伏如火的利刃指向極樂商會的戰鬥人員，明明沒人要求，還是威風地自己報上名號。

「彩海學園領域領主，香菅谷雫梨．卡思緹艾拉！在此仗義相助！」

「咦……？」

陌生的領主人選出現，讓結瞳發出困惑之語。

然而，極樂商會的混亂更甚於此。

眷獸在一瞬間遭到消滅，吸血鬼完全喪失了戰意而杵著不動。隨後突然現身的鬼族少女態度又異常充滿自信，震撼力足以讓其餘獸人都為之動搖。

基本上，當原先的奇襲失敗時，他們就已經失去繼續作戰的理由了。

極樂商會的那些戰鬥人員背對雫梨，開始爭先恐後地逃跑。

雫梨一邊揮舞深紅長劍一邊追趕逃跑的襲擊者，那幕光景已經讓人分不清誰才是遇襲的一方。

「勉強應付過去了嗎……」

矢瀨仍抓著樓頂的圍欄，累得渾身乏力。

第一真祖及其搭檔就在矢瀨旁邊有說有笑地歡談。

「呵呵……果然，那女孩就是第四真祖的『伴侶』。」

札娜嘀咕著望去的方向有雪菜將長槍放下的身影。

「『先別毀了她』，札娜。我會沒伴可以玩。」

「嗯～～怎麼辦好呢？」

紅髮美女使壞似的回過頭，望向不安地予以告誡的第一真祖。

接著她將視線轉到結瞳之外的另一名領主人選身上。

「欸，先不談這些，關於她……」

「白髮的鬼族……還有『炎喰蛇』是嗎？」

齊伊盯著雫梨手握的長劍，看似懷念地瞇起眼睛。

從他自信笑著的脣縫間露出銳利發亮的犬齒。

「不愧是『魔族特區』，趣事連連啊。專程出門過來算值得了。」

矢瀨聽著齊伊無心間說的話，就發現自己的手指在發抖。這是他第一次對眼前的吸血鬼真祖感到害怕。

3

爆炸的衝擊一路傳到人工島最底層。打擊樂器般的連續零星聲響，大概是衝鋒槍槍聲。擔任護衛的武裝警備員正與來襲者交戰。

「看來，末日教團的使徒似乎也到了這裡。」

叶瀨賢生一邊啜飲咖啡一邊望著頭上說道。

他的身段無異於平時，讓古城急得大叫：

「現在哪是鎮定的時候！假如這棟建築物的供電系統被毀，正在接受治療的亞絲塔露蒂就糟了吧！喵咪老師，出口在哪裡！」

「跟我來。」

黑貓努了下巴示意，並且邁步就走。追到她後頭的古城在離開房間之前，回頭瞥了沉睡於培養槽的人工生命體少女一眼說：

「叶瀨、妮娜，亞絲塔露蒂就拜託妳們了！」

「好的！」

「包在妾身身上。」

古城確認夏音她們點了頭，這才走出研究室。

穿過森嚴得令人聯想到監獄的分隔牆，衝上逃生梯，總算抵達研究所的正面大廳之後，景象一片狼藉。

玻璃門窗粉碎四散，牆上刻著無數彈孔。令人反胃的血味充斥於空氣，眾多負傷的武裝警備員倒在瓦礫之中。

出現在大廳中央的是戴了羊頭骨面具的末日教團使徒。使徒的身分恐怕是魔導師。面對受強大防禦結界保護的使徒，連武裝警備員的槍彈都不管用。

接著，使徒便在自己眼前畫出強大魔法陣。

以魔力交織而成的音叉狀砲身讓人聯想到磁軌砲。連不懂魔法原理的古城都直覺認為那是危險攻擊魔法即將發動的前兆。

「糟糕——！迅即到來，『神羊之金剛（Mesarthim Adamas）』！」

完成的魔法陣放出閃光以及古城的眷獸具現成形，幾乎是在同一時刻。無數的金剛石結晶迎面擋下使徒的砲擊，並朝身為施術者的使徒本人反彈回去。

「……！」

被灼熱閃光吞沒的使徒連慘叫都發不出就灰飛煙滅了。

然而古城的眷獸反擊過猛，事情並沒有這樣就結束。藉著砲擊的反作用力，飛射出去的結晶直接將研究所外牆轟成半毀，更在人工島的地下街街頂穿出大洞，周圍無關的建築物也連鎖受損，街上到處湧現爆炸的煙塵與火焰。存活的幾名武裝警備員就臉色愕然地望著那離譜的景象。他們理應都被古城救了一命，無言中的責備視線卻能刺痛人。

「你把建築物毀掉又有何用呢，第四真祖小弟？」

「我又不是喜歡才這樣做的！」

黑貓在古城的肩膀上傻眼至極地嘆了氣，古城則態度軟弱地予以反駁。

彷彿被古城的反擊所引誘，有新的一群末日教團使徒接近而來。古城臉上流露出焦躁之色，因為他的眷獸不適合在市區作戰。若要針對人類尺寸的敵人進行攻擊，那些眷獸都強過頭了。

「沒辦法。你可不要動。」

黑貓無奈地搖頭，並悄悄舉起了前腳。

有十二顆球體出現在她眼前，然後化成尖銳的弓箭頭——以純粹靈力塑成的光之箭矢。身為長生種的緣堂緣擅用這種靈弓術。

十二支光箭無聲無息地放出，精確地貫穿十二名使徒的面具。

失去面具的那些使徒輪廓扭曲，被虛空吞沒而消失。

「這隻貓好強……」

緣過人的戰鬥能力讓古城傻眼地咋舌。光是從日本本土遙控使役魔就夠驚人了，在這種狀態下還能輕取末日教團的使徒並不尋常。可以理解雪菜為何會怕身為師父的她。

另一方面，緣望著掉在地上的面具碎片，從鼻子「哼」地發出了聲音。

「果然，跟我想的一樣。」

「妳是指什麼？」

「他們那種品味低劣的面具。那是魔具，類似用來將那票人繫留於此世的『鎮物』。」

「……鎮物？」

黑貓難懂的比喻讓古城歪過頭。簡單來說，意思似乎就是魔法所需的觸媒罷了。

「那票人並不是這個時代的魔導罪犯。對方硬是把囚禁在監獄結界的歷代末日教團使徒喚了出來，那就是敵人大軍的真面目。」

「歷代使徒……呃，光影片上拍到的就有近千人耶，那些全是那月美眉抓去關的嗎？」

古城撿起破掉的面具，疑心似的蹙起眉頭。

「並不是南宮那月獨力辦到的啦。像那樣的『異界牢獄』，從久遠到讓人昏頭的古時候就已經存在於世上的各個地方了。」

黑貓告知古城意外的事實。

「而且，那些牢獄在根源的深處都彼此相通。末日教團會帶走南宮那月，就是為了開啟那道門。一般魔族與魔法師辦不到這種技倆，敵方大概也有魔女，跟『空隙魔女』同為『牢獄』的管理者——」

「總之把面具打爛就可以了吧？」

話聽到一半就跟不上的古城只先確認了當前該做的事。末日教團的使徒各屬頗有能耐的強敵，但如果只要破壞面具就能了事，那就輕鬆多了。

黑貓卻淡然搖頭說：

「只求把敵人驅離的話啦。不過那票人只要拿到新的面具，就可以一再復活，根本上的問題並沒有解決。」

「不然要怎麼做才好？」

「那票人為了喚出過去的亡靈，正把現存的監獄結界當成通道來利用。既然如此，封閉那條通道就行了。」

「所以那又要怎麼做——」

不耐煩的古城本想重複發問，然後就恍然大悟地抬起臉。

籠罩天空的空間震波。古城之前曾看過與這十分相似的景象。這一幕就跟名為監獄結界的巨大城寨脫離南宮那月的掌控，進而出現在絃神島時一模一樣。

「……我懂了，把那月美眉搶回來就行了吧。」

「就是這麼回事。」

黑貓高傲地點了頭。

「正常來講，光是要走入『異界牢獄』就得費一番工夫，但碰巧目前『門』一直開著。只要有懂得操控空間的魔法師，想穿越進去並不是多難的事——對吧，叶瀨賢生？」

「唉……緣堂緣，妳說得倒簡單。」

黑貓隨口朝背後喚道。出聲回應的則是正好爬上階梯，還帶著陰沉臉色的前宮廷魔導技師。

與其說賢生是來探視古城等人的狀況，恐怕他也察覺到了。要收拾這棘手的局面，必須

用到自己的空間操控魔法。

「由於『門』被強行打開了，監獄結界處於相當不穩定的狀態。我可以照應到把人送進去為止，但無法保證能平安回來。」

賢生正經八百地提出警告。古城默默聳了聳肩。雖然他千不想萬不想去異界牢獄那種恐怖的地方，可是這種時候也沒空多說了。

「可以的話，我也希望跟著一起去，然而很不巧，這副身軀是遙控的使役魔。事情就交給你包辦了，第四真祖小弟。」

黑貓臉上流露出些許不安並且說道。即使有她的本事，監獄結界內部仍超出了使役魔所能遙控的範圍吧。

那就沒辦法啦——古城點頭回答：

「麻煩妳在這裡保護叶瀨她們，那邊我會設法處理。說穿了，只要打倒末日教團的魔女就行了吧？」

「哎，辦事像這樣粗枝大葉應該是你的優點。」

黑貓用讓人分不清是褒是貶的態度笑了。

「動手吧，叶瀨老爸。」

古城振奮自己似的拍了臉頰，然後對賢生說道。

賢生沉沉地嘆了氣。

「我沒道理要被你叫老爸。」

「不是啦……就說我沒那個意思了……」

「畢竟在法律上，你和夏音都還沒到可以結婚的年齡。」

「……咦？怎樣？你在講什麼啦？」

古城對賢生若有深意的話語感到滿腦子糊塗。

賢生不管古城的反應，臉色依舊難看地在地上畫起了魔法陣。

他準備開啟空間移轉用的「門」。

細膩的魔法陣在轉眼間完成，周圍的景色搖晃。某座眼熟的城寨像幻影一樣，與古城的視野重疊。但是……

「你們休想——！」

「什麼！」

在空間移轉的魔法完全生效前，突然間有陣衝擊從旁撲向古城等人。

斗大火球落在研究所大廳，引發規模驚人的爆炸。

近距離承受其爆壓令賢生飛了出去。

古城周圍的魔法陣隨之消失，空間移轉遭到取消。近似暈車的強烈不適感使古城屈膝跪地，新一波爆炸造成的衝擊便落井下石般來襲。

爆炸的真面目是末日教團使徒發動的攻擊。

現身的使徒只有兩名，他們戴的面具似曾相識。

仿照類似蜥蜴的魔獸及野牛頭骨的面具。在增設人工島最先攻擊古城等人的使徒——他們是「吸血王」的心腹。

「叶瀨賢生！」

黑貓想趕到受傷倒下的魔導技師身邊。

擋在其面前的是俊美的金髮少年。

古城見狀便懷疑起自己的眼睛。理應在領主選鬥擔任最後首領的少年就站在古城他們眼前，只帶了寥寥兩名使徒。

「可以的話，我是不希望以這種形式與你再會，但也不得已。因為現在還不能將南宮那月放走。」

少年依舊閉著眼睛，並以沉穩的語氣相告。

感覺不出惡意的清澄氣息。然而他正是策動領主選鬥，將紘神島捲入紛爭漩渦的始作俑者。

「——『吸血王』！」

站起的古城讓帶有魔力的深紅霧氣裹住全身。

麻煩的算計都從古城的腦子裡消失，神出鬼沒的「吸血王」主動現身了，這是意料外的幸運。

在這裡打倒他就可以終結領主選鬥，這是千載難逢的機會。

「喵咪老師，叶瀨老爸就麻煩妳了！」

古城擱下黑貓他們，朝少年直衝而去。少年似乎已有準備，秀氣一笑並伸出右手。驚人魔力在他的手中捲起漩渦。

雙方距離僅有幾公尺——兩人從幾乎等於零的極近距離召喚了眷獸。

巨量魔力對轟，空間嘎吱作響。

衝擊搖撼了人工島的大地，無數龍捲逐漸掀翻周圍的建築物——

4

「雪菜！太好了，我好擔心妳！」

雪菜等人走進校舍後，不知為何穿著天奏學館運動服的凪沙就過來迎接。

嬌小的同學抱了過來，雪菜也用力摟回去。

「凪沙，幸好妳也平安無事。有沒有受傷？」

「我身上貼了好多ＯＫ繃喔～……啊，這要對古城哥保密。」

「嗯。」

雪菜看凪沙用手指著擦傷的膝蓋，便安了心放鬆表情。

狀況理應毫無樂觀的要素，跟凪沙見到面卻好像讓心情輕鬆了不少。雪菜認為曉凪沙這名少女具有能舒緩他人緊張的奇妙天分。

跟凪沙為重逢一事慶幸了片刻以後，雪菜環顧四周，表情就詫異似的緊繃起來。因為她注意到在校舍樓頂盤腿而坐的高大外國男子，旁邊還有曾經見過面的成熟美女身影。

「呃……矢瀨學長，為什麼那兩位會在這裡……？」

雪菜屏息後退，向靠在樓頂圍欄上的矢瀨問道。

矢瀨帶著苦瓜臉搖頭說：

「這我也不太清楚。總之，目前他們似乎並不是敵人。」

「是、是喔……」

雪菜無話可回地沉默下來。齊伊．朱蘭巴拉達則看也不看雪菜，還十分享受地大啖ＭＡＲ生產、分發的漢堡。札娜．拉修卡苦笑著幫他擦臉上沾到的芥末醬。

雪菜有些頭痛地捂住眼睛。

雖然第一真祖造訪絃神島是早就曉得的事，但實在沒人料到他會待在女校樓頂吃漢堡，而且似乎還跟結瞳聯手保護了天奏學館領域。這種時候要如何應對，雪菜一點主意也沒有。

接著，有人從不知所措的雪菜身後客氣地戳了戳她的背。

回首望去，就發現雫梨尷尬的在雪菜背後低著頭。

「香菅谷同學？」

「呃，我想跟那個叫江口結瞳的女生講幾句話。」

雫梨忸忸怩怩地左右食指互繞，如此說道。她微微紅了臉。原來她怕生嗎——雪菜見識到雫梨令人意外的一面，差點忍不住笑出來。

「請問，妳找我有什麼事嗎？」

「呀啊……！」

忽然被人從後面搭話，緊張的雫梨聲音變了調。

身穿天奏學館制服的年幼少女就站在雪菜她們後面。讓人聯想到難伺候的小貓，又有著可愛臉孔的小學生。

「妳、妳就是這塊領地的領主？」

「是的，我叫江口。」

面對雫梨冒失的質疑，結瞳仍不失禮數地回答。她將原本戴著的貝雷帽捧到胸前，向雫梨深深鞠躬。

「這位是彩海學園領域的香菅谷雫梨學姊吧。方才在危急時得妳搭救，萬分感謝。我代表天奏學館領域向妳致謝。」

「啊……咦……等、等一下，姬柊雪菜，這是怎麼回事？」

雫梨硬是將雪菜的手臂拉過來，還壓低聲音跟她講話。

雪菜納悶地望著狀甚驚慌的雫梨問：

「怎麼了嗎？有什麼問題？」

「這個女生有夠可愛的！雖然有點人小鬼大的感覺，可是她好懂事，跟人問候也有模有樣，而且長得又小又瘦，臉頰感覺軟軟嫩嫩，皮膚也好有光澤！」

「呃，是啊……很可愛對不對？我明白。」

雫梨自顧自地越講越興奮，雪菜雖然被嚇到了，還是冷靜地表示贊同。雫梨的心情是可以理解，但興奮成這樣也太過頭了吧？雪菜如此心想。

「很抱歉讓妳有人小鬼大的印象，我常被這麼說。」

結瞳態度穩重地低頭賠禮。雫梨連忙搖頭說：

「不、不是的。我剛才那麼說並沒有惡意，我只是想誇妳靠得住，以結盟對象來說好得無可挑剔而已！」

「妳說……結盟嗎？」

結瞳疑惑地望向雪菜。

「原來如此，與彩海學園結盟乃上策是也。作戰終須依靠人數，在下也認為香菅谷大人可謂值得信賴的領主人選是也。」

從戰車下來的麗迪安率先提出正面意見。

彷彿被她的話推了一把，留在臨時帳篷的學生們也開始流露出肯定的氣息。雫梨當著眾人眼前救了結瞳亦是一大因素，雫梨的活躍足以得到天奏學館眾人的信任。

「不過，要怎麼做才能結成同盟呢？」

結瞳提出根本的疑問。雪菜和雫梨困惑地面面相覷。第一次嘗試結盟，她們都不曉得具體的做法。

「要啟動領主專用的程式，然後從同盟參加畫面讀取對方的二次元條碼是也。」

「……這也設計得太簡陋了吧。當成玩遊戲互加好友嗎……」

麗迪安仔細地對操作方法做出指示，矢瀨就傻眼地搖了頭。

雫梨和結瞳動作生疏地操作程式，經過幾次錯誤的嘗試，雙方便成功結盟。

當然這並不是遊戲，就算締結了同盟關係也不表示會有什麼明確可見的改變。服裝既沒有變化，更聽不到華麗的配樂演奏。

然而，結盟的影響立刻就出現了。

麗迪安戰車上的通訊機突然有人來訊。

「噢噢，女帝大人！」

爬上戰車駕駛艙的麗迪安看見來訊者圖示，隨即出聲高呼。從戰車外部喇叭播放出來的說話聲是出自雪菜熟悉的淺蔥之口。

『啊～～……喂喂喂，終於接通了呢。「戰車手」，妳有在聽嗎？』

「在下聽見了是也！女帝大人可平安否？」

『通訊能接上，表示香菅谷學妹她們都順利到那邊了吧。』

「……女帝大人？」

麗迪安困惑地臉色一沉。好不容易取得了聯絡，淺蔥的態度卻有些古怪。她沒有聽見麗迪安這邊在講話，通訊更夾雜著嚴重的雜音。

不，那並非雜音，而是爆炸造成的聲響。

爆壓餘波使得麥克風聲音顫抖，遠方還有聽似慘叫的聲音。淺蔥之所以在喘氣，或許是因為她才逃難到一半，戰鬥正在離她不遠處進行。

『「戰車手」……拜託妳，幫我轉告姬柊學妹和香菅谷學妹……妳們不可以回彩海學園。找到古城，然後跟他會合……』

通訊狀態變得惡劣，淺蔥的說話聲漸遠，有建築物玻璃的碎裂聲夾雜其中。

『敵人不只末日教團……領主選鬥的真正目的是……』

淺蔥說話的聲音斷斷續續，不久通訊就完全斷絕了。

麗迪安拚命操作通訊機，淺蔥卻沒有回應呼喚，喇叭傳來的只有沙沙作響的劇烈雜音。

「這是……怎麼回事？」

雫梨望著自己的智慧型手機咕噥。即使依序撥號給琉威和優乃，他們也還是沒有回應。

雫梨不安地咬住嘴脣。

「難道是被末日教團襲擊了？」

矢瀨用自我質疑似的語氣問道。不──雪菜斷然搖頭說：

「在彩海學園這段期間，藍羽學姊可以用『聖殲』，笹崎老師也在。即使對上末日教團，想必也沒那麼容易落於劣勢。何況──」

「她說敵人不只末日教團──嗎？那會是什麼意思？」

矢瀨的臉色更添險惡。

雪菜默默搖頭。提及末日教團以外的敵人，最先想到的是其他領地的領主人選。然而，縱使是排行名列前茅的領主人選，想必也難有對手能讓目前的淺蔥陷入苦戰。

「還有，她要我們跟曉學長會合，到底是為什麼——」

「姬柊雪菜，這些事之後再談。」

雫梨語氣凝重地喚了一臉嚴肅地沉思的雪菜。

她仰望著開始被暮色籠罩的天空。

空間的震波滿布天空，虹色極光灑落。末日教團再度展開攻擊了。

「喂喂喂……感覺是不是只有我們這裡的使徒特別多？人氣當紅嗎？」

矢瀨緊張地發出聲音。

相較於原先那一次攻襲，出現的使徒人數變多了，而且安排到天奏學館領地內的兵力顯然比較多，數量輕鬆超過兩百人。

「如此看來，使徒似乎會優先出現在名列前茅的領地是也。」

「搞什麼……！第二階段的難度高過頭了吧！」

矢瀨對麗迪安的分析表露不滿。

然而，雪菜等人連抱怨的空閒都沒有，因為天奏學館的校地內也陸續有使徒降臨。

「——響鳴吧！」

雪菜判斷一一對付會來不及，就將銀色咒符撒到半空。

那些咒符幻化成猛禽，撲向具現成形的眾多使徒。

關於使徒的弱點，雪菜已經從結瞳那裡聽說了。假如只要破壞他們的面具，她認為靠式神的攻擊力就已足夠。

「……唔！」

然而，透過雪菜操控式神的靈氣，靜電般令人不適的反作用力傳了回來。雪菜放出的式神受到使徒們的反擊，瞬間就被擊落。

「這些傢伙是怎樣……好強！」

動搖的雪菜耳裡聽見雫梨尖叫般的喊聲。

跟雫梨交戰的對手是獸人種。對方不單體能出色，還裝備了硬度匹敵金屬的巨大勾爪，出手既快又重。雫梨身為修女騎士的劍術雖能與劍巫比擬，形勢上卻一面倒。

有腳戰車的機槍子彈被強大防禦結界擋下，結瞳的心靈支配也不管用。即使運用成群魔獸，頂多也只能保護自身的安全。在這段期間，末日教團使徒的人數仍持續增加，讓逃到學校避難的一般市民蒙受危險。

「矢瀨！」

凪沙在臨時帳篷旁邊發出尖叫。有使徒舉起了大鐮，準備攻擊想保護凪沙而被打倒在地的矢瀨。

「……咦！」

雪菜正要趕去救矢瀨，卻帶著驚訝的表情停下動作。

使徒手裡的大鐮並沒有朝矢瀨揮下。

讓大鐮鬆手，發出痛苦哀號的反而是使徒。不知從何飛來的短劍貫穿了使徒的頭顱。

「嘖……居然已經追來啦……」

齊伊認出那種短劍，便失望地聳了聳肩。

使徒面具被毀，隨即當著驚訝的凪沙等人眼前雲消霧散，只剩下捅破面具的短劍留在原地。那是有著漆黑利刃的短劍。

「這種短劍……該不會……！」

雪菜察覺到撼動大氣的強烈魔力，因而睜大眼睛。

回頭望去，將天空掩蓋成一片漆黑的巨量短劍映入雪菜的視野。

那種短劍並非區區的武器，是足以具現成形的濃密魔力聚合體。擁有意志的活武器（Intelligent Weapon）——那是吸血鬼的眷獸。

「——舞吧，『暴食者（Ghoulah）』！」

充滿威嚴的男性嗓音響起。受他的聲音引導，黑色短劍朝眾多使徒撒落。

所有出現於結瞳領地的使徒都遭到切碎撕裂，在同一時間消滅了。他們的面具全化成粉末，連碎片都不留。一切都發生在短瞬之間。

「瞬間就消滅了那麼多使徒……？」

雫梨仍手舉深紅長劍，嘴裡則茫然發出嘀咕。原本讓她苦戰的獸人種使徒也一下子就被打破面具而消失蹤影。

完成使命的黑色短劍也消失了。身為其宿主的吸血鬼已解除召喚。

操控成群短劍的本尊從暮色中現出身影。

膚色略黑的高大男子；剪裁合宜的古風大衣；宛如夜色織成的黑髮。「戰王領域」帝國議會議長——裴瑞修·亞拉道爾。與第一真祖血脈相連的「舊世代」吸血鬼，同時也是地位無比接近於真祖的最強「貴族」。

「喂喂喂，別搶了老祖宗表現的機會。亞拉道爾，你這傢伙還是一樣死正經。」

坐在樓頂邊緣的齊伊倒比大拇指，還像小孩一樣發出噓聲。

「就是啊，真不知道他像誰。」

依偎在齊伊身旁的札娜幫腔，並使壞似的笑了出來。

亞拉道爾深深嘆息，擺著正經八百的表情瞪向齊伊他們。

「——您說笑了，陛下。難得回到現世，豈知您會主動加入如此的風波，敢問這究竟有何用意？」

「何必問有什麼用意呢——這場活動感覺有意思，我總不能眼巴巴地旁觀吧。」

齊伊用毫不愧疚的口氣說道。

亞拉道爾似乎忍著焦躁不耐的情緒，太陽穴頻頻抽動。

「這將構成國際糾紛。不，已經構成了。您擅自入侵第四真祖領一事，要是被滅絕之王或混沌女王知曉——」

「那些人不會說話啦。哎，你看著，事情很快就會變有趣。」

「……陛下？」

齊伊這番話把握十足，讓亞拉道爾蹙了眉。

隨後，近似火山噴發的爆炸令整座絃神島劇烈搖晃。

雪菜等人猛一回頭，就看見規模達高空幾百公尺的巨大龍捲。位於旋風中心的是吸血鬼所用的眷獸。

其中一頭是搖曳如蜃景的深緋色雙角獸；另一頭則是漆黑雙角獸。兩頭眷獸爆發衝突，炸開的狂風掃向四方，周圍的建築物全都逐漸化為粉塵。

「這種眷獸！是第四真祖嗎！對方會是誰……？」

亞拉道爾帶著愕然的臉色咕噥。

「開始了嗎？比想像中快嘛。」

另一邊的齊伊則顯得心情愉悅，表情猶如純真無邪的小孩。

「曉學長……！」

雪菜用力握緊了長槍。

古城交戰的對手肯定是「吸血王」才對。和第四真祖操控相同眷獸的少年。沒有任何古城能獨力打倒對方的保證。

「請妳去吧，雪菜姊姊！」

結瞳開口呼喚猶豫的雪菜。

「結瞳？」

「這塊領地我們絕對會保護好，所以雪菜姊姊，請妳去幫古城哥哥——」

結瞳用懷有強烈決心的眼神看了雪菜。

平心而論，結瞳也絕無可能沒有不安的情緒。末日教團的使徒仍持續攻襲，再加上彩海學園發生的異狀。

即使如此，為了幫助古城，當下她還是判斷應該送雪菜啟程。

「我也要去，姬柊雪菜。只要打倒那個所謂的『吸血王』，這場荒謬的領主選鬥也會結束吧？」

雫梨帶著嚴肅的表情相告。

她的愛劍「炎喰蛇」具有砍向的對手魔力越強，威力也就越高的特性，那將是少數足以

對抗「吸血王」眷獸的強大武器。
雪菜回望雫梨，默默地點了頭。
接著她拔腿跑向狂風肆虐的危險戰場。
「——學長！」

5

強大眷獸之間爆發的衝突也對監獄結界內部造成了影響。
結界世界與現實世界的界線發生摩擦，內部的城寨也劇烈搖晃。假如戰鬥再這樣拖下去，遲早會連維持結界都有困難才是。
「這股無謂的巨大魔力……是曉古城嗎？」
仍被黑色觸手捆著的那月看似愉快地嘀咕了一句。
「事情與妳無關，南宮那月。妳連從這裡移動都辦不到。」
身為觸手宿主的紅眼少女不留情面地冷冷告訴那月。
那月嘲笑似的從喉嚨發出「咯咯」的聲音。

「錯了。我不是不能動，而是沒有必要動。」

「……妳這是嘴硬呢。」

「哼哼，我看妳才是條敗犬吧，章魚姑娘。」

那月臉上現出的同情之色讓紅眼少女咬響了牙關。觸手詭異蠕動，勒住那月的力道逐漸增強。

「請妳注意用詞，『空隙魔女』——縱使傷不到妳的本尊，我還是有方法折磨妳。首先，就來將那個沒死透的人工生命體大卸八塊如何？」

「即使如此，妳是條敗犬的事實也不會改變。末日教團為何要依靠我的監獄結界？妳自己的『牢獄』到哪裡去了？那慘不忍睹的身軀，是妳對守護者違約的代價嗎？」

「住口……！」

紅眼少女放聲吼了出來。

「妳懂什麼！妳不過在『牢獄』度過了區區十五年！」

少女朝那月逼近。

觸手的壓力超出負荷，原本就快撐破的大袍爆開，她的全身顯露在外。

看似十幾歲的美麗身軀，但那僅限於她的上半身。

少女從腰部以下就像植物的根一樣，顏色醜陋且分岔，化成了相互交纏的無數觸手。那不可能是正常生物會有的模樣。

身為魔女的她肉體已經跟惡魔賜予其作為眷屬的「守護者」融合了。她毀棄了跟惡魔的契約，代價就是肉體被吞噬。

「三百年……！我在『異界牢獄』中活了三百年！於是我發現了！『異界牢獄』根本沒有存在的意義——！就算被關在永遠的黑暗當中，就算被猛禽生吞內臟，就算在地底一直淋著蛇毒，罪人也不可能悔改。罪人不會從世上消失，只有罪行將持續累積！」

「所以，妳就逃了嗎，拋下監獄管理者的職責？」

那月用平淡的語氣問道。

「錯了……！我察覺到了！只有恐懼……只有靠壓倒性的恐懼支配，才能抑制犯罪。既醜陋又可悲的罪犯，非得在當場就受到殘虐而悽慘的制裁。」

「那就是妳成為末日教團使徒的理由？」

那月依舊受制於蠢動的觸手，臉上還浮現刻薄的笑容。

「可笑。既醜陋又可悲的是妳，敗犬。照妳那套理論，應該頭一個接受制裁的就是妳自己吧，『復仇魔女』梅麗洛艾？妳都用跟惡魔簽約的力量做了些什麼？」

「——！」

「『異界牢獄』沒有意義？當然了。所謂管理者，就是在那座『牢獄』中罪孽最為深重的罪人啊。永遠的虛度正是賦予我等的處罰。」

「錯了……我才不是……！」

紅眼少女——梅麗洛艾使勁搖頭，那月卻沒有停止嘲笑。

「以靠恐懼進行的支配來防止罪人誕生，所以，要將第四真祖拱為恐懼的象徵——妳就是被『吸血王』拿那套幼稚的思想洗腦並且利用而已。他並沒有由衷期望那種事。」

「妳……妳懂什麼……！」

梅麗洛艾好似擠出聲音說道。

「我不會上當的，『空隙魔女』——我不會被妳說的話迷惑。」

「我沒理由騙妳。即使不玩那種拐彎抹角的花樣，要把妳這種貨色趕出去也很容易。」

那月駁回梅麗洛艾說的話。梅麗洛艾氣得臉頰發紅。

「妳還嘴硬……！守護者被封住的妳辦得到什麼！」

「只封住守護者就好了嗎？這裡可是我的『牢獄』喔。」

「什麼？」

那月若有所指的警告讓梅麗洛艾顯露出一絲動搖。

隨後，她們所在的城寨某處房間響起了粗魯野蠻的聲音。

「哈！哈——！要去嘍～『轟嵐碎斧』！」

梅麗洛艾訝異地打算回頭，就遭受到有如被車撞上的衝擊。

感覺像被目不可視的巨斧劈中。有好幾條觸手被砍斷，她本身也飛了出去，並且重重地撞在牆上。

「嘎……！什……什麼情況……！」

梅麗洛艾吐出大量的血。連在受到攻擊後，她也不明白出了什麼事。直到硬生生挨招以前，她都沒有感受到任何魔力。

「啥～～？妳是什麼人啊～～！剛才那下沒轟到南宮那月嘛！難得想嚇嚇她的耶。害我搞混！」

有個留雷鬼頭的矮個子青年朝倒下的她接近而來。

色彩鮮艷的混搭穿著，配上褪流行的低腰牛仔褲，是個無論是粗魯言行或相貌都讓人覺得腦袋完全不靈光的男子。

從口氣聽來不像那月的同伴。然而他的攻擊將梅麗洛艾轟飛，結果那月便從觸手當中獲得解放。

「辛苦你了，山猴。」

那月在緩緩著地以後瞥了雷鬼頭青年一眼。

「啥～～！」

「——別跟她鬥嘴，修特拉．D。」

被叫山猴的青年齜牙咧嘴，而另一名男子制止了他。

全身裹著厚實甲冑的男子。

色澤如鐵的皮膚與灰色頭髮，揹在背後的則是等若身高的巨劍。

無視武器的均衡與輕便，只求斬斷堅韌龍軀而打造出的殺龍劍（Ascalon）；還有淋過龍血以後受不死詛咒入侵的肉體。身為屠龍者（Georgios）一族的後裔，同時也代表了西歐教會的黑暗面——大罪人布魯德．丹伯葛萊夫。

「情況我明白，空隙魔女——但是，將我們從牢中放出來，妳有什麼打算？」

屠龍傭兵將手擱在巨劍柄上，直接問了那月一句。

「我並沒有拜託你們對付末日教團，更不打算施恩特赦。我要說的只有一點，那就是可以讓你們暫時保釋，倘若你們有意願。」

那月口氣高傲地回答。

聽她那樣說話，雷鬼頭青年——修特拉．D就不耐煩地嚷嚷了。

「啥～～？妳覺得本大爺會求妳嗎，混帳！」

「我覺得會，若你們得知了那些傢伙的真面目。」

那月朝他們走近，然後分別對兩人短短地說了幾句。

剎那間，丹伯葛萊夫和修特拉的臉色變了。丹伯葛萊夫現出欣喜，修特拉則現出了忿怒之相。

「原來……是這麼一回事啊。那好……我就照妳的盤算辦事。」

「嘖……我可不爽被人呼來喚去地利用，但現在確實不是對付妳的時候，臭傢伙！」

粗魯地揖牆的修特拉左手腕上冒出了金屬製手銬。那是監獄結界的囚犯證明。就算到了外頭的現實世界，仍有看不見的鎖鏈將他們綁在監獄結界。

「我給你們四十八小時的時間。別趁便傷害無關的人，若你們不想在完成目的前就被帶回牢裡。」

「了解。」

「呿！」

漣漪般的空間震波包住了兩名魔導罪犯，隨後便消失蹤影。他們被那月從夢中的監獄送到外頭的現實世界了。

只剩下結界主人那月、被切下來仍在持續蠢動的觸手，還有負傷的梅麗洛艾。

「難道……妳放走了『監獄結界』的罪犯？就為了逃出我手中……！」

梅麗洛艾口吐鮮血地起身。

她被修特拉．D切斷的觸手幾乎都再生完畢了。

觸手身為惡魔的眷屬，應該被賦予了近乎不死的再生能力。只要宿主仍持續供給魔力就不會滅絕，還可以一直無限增殖。

那月卻望著這樣的她，不感興趣地拋下一句話。

「搞什麼，敗犬，原來妳還在啊？」

「閉嘴！下次妳再說那個字眼，不管『吸血王』有什麼用意，我都會殺了妳！」

梅麗洛艾激動地瞪著那月。那月看似無趣地哼聲說道：

「動手看看吧，敗犬。」

「找死——！」

梅麗洛艾的觸手對宿主的憤怒起了反應，爆發般膨脹。它們化成了漆黑的海嘯，湧向毫無防備的那月。

將大群觸手擋下的是一條手臂。

機械裝置構成的黃金騎士。那是那月的「守護者」伸出的手臂。

「就這點本事——！」

梅麗洛艾的唇邊浮現凶狠的笑意。

她與那月無論哪一邊都是「牢獄」的管理者，以魔女身分簽下契約的代價相同。這表示賦予她們的「守護者」亦屬同一等級。

然而，那月將大半魔力用在維護監獄結界。

另一方面，梅麗洛艾已經捨棄自己的「牢獄」。被「守護者」吞噬下半身的她付出了代價，能自由動用的魔力卻相對增加了。

在一對一的戰鬥中，目前的梅麗洛艾沒有理由會輸給那月——理應是如此。但……

「什麼！」

梅麗洛艾勝券在握的臉因為驚愕與恐懼而僵掉。

那月的守護者展現的姿態違背了她的預料。

華美的黃金甲冑剝落以後，內部便顯露出來。

在那裡的並不是騎士。

連光芒都無法透過的完美黑暗；噴湧火焰的三隻眼睛。彷彿由深淵本身塑造出的缺乏形體的虛無怪物。

「唉呀呀……枷鎖脫落了嗎？」

那月慵懶地嘆了氣。

梅麗洛艾受恐懼驅使，打算退後，但那月的「守護者」不許她那麼做。驚人的黑暗引力抓著梅麗洛艾的觸手不放。

「我聽人說過……南宮那月的守護者『輪環王』光是出現，就能讓這個世界的時空扭曲……難不成，那些機械裝置是用來抑制它的力量……！」

「由我來實現妳的願望吧，『復仇魔女』。」

那月率領著巨大的黑暗，露出優美的微笑。

「不……不要……住手……求求妳……」

梅麗洛艾態度軟弱地嘴唇顫抖。黑暗之獸抓起她的觸手，像拔下昆蟲翅膀一樣用壓倒性力量扯裂。

「既醜陋又可悲的妳，大可接受這殘虐而悽慘的制裁——」

美若人偶的年幼魔女以欠缺幾分人性的嗓音宣告。

古老城寨的某處房間迴盪著末日教團使徒的慘叫。

6

古城全身籠罩著龍捲般的暴風，降落於近乎崩毀的人工大地。

人工島南區的增設人工島，過去沿岸警備隊設置飛機跑道的場所，對古城等人來說則是領主選鬥開始的地方。

被黎明前那場戰鬥摧毀的增設人工島已經分解成無數碎塊，像流冰一樣飄在海上。

四周當然毫無人影，如今更沒有毀壞了會造成困擾的建築物。古城要動真格搏鬥，再沒有比這更合適的戰場。

「原來如此。最初那一手，是為了將我引到人煙稀少的地方。」

金髮少年由衷佩服似的看向古城。

他應該是硬生生接下了古城的眷獸攻擊，卻沒有受到傷害。因為他自己也召喚了眷獸，將古城的攻勢抵消掉。換句話說，「吸血王」的眷獸與第四真祖具有同等威力。

「你是何方人物，『吸血王』？」

古城召喚出新的眷獸，心靈支配系的眷獸「磨羯之瞳晶（Dabih Krystalos）」。然而，魔眼的攻擊卻被少年召喚的眷獸反制。

「為什麼要把我關在恩萊島？」

古城進一步召喚眷獸，紫焰環身的食人虎（Manticore）——「蠍虎之紫（Shaula Viola）」。然而，帶有劇毒的火焰同樣被少年召喚的漆黑食人虎所阻。

「為什麼要召開領主選鬥這樣的活動？為什麼你能使用和我相同的眷獸！」

古城召喚出眷獸，霧之眷獸「甲殼之銀霧（Natra Cinereus）」。巨大甲殼獸灑落的銀色濃霧被少年喚出的漆黑濃霧推回去。

「為什麼你會有跟奧蘿菈一樣的長相——！」

古城召喚出眷獸，但這次對準了少年不可能迎擊的位置——他立足的半毀地面底下。

「迅即到來，『牛頭王之琥珀』！」

灼熱的熔岩奔流裹住了嬌小少年的全身。

人工島碎片隨之融解，海水以驚人速度蒸發，純白蒸氣充斥四周。

「我早就回答過你的問題了。」

從蒸氣屏障另一端傳來少年的聲音，其嗓音並無痛苦之色。「吸血王」撐過了熔岩的奇襲。但是，他用了什麼方式——？

「——因為我同樣是第四真祖。」

「什麼！」

「吸血王」再度現出的身影讓古城驚呼。

立於融解的人工島碎塊之上的身影並非只有「吸血王」。戴著蜥蜴頭骨面具的男子。末日教團的使徒之一用自身肉體當護盾，將熔岩奔流擋下。

他披的大袍已經燃燒殆盡，頭骨也燒掉了一半，但他的肉體毫無損傷。鱗片般的赤銅色肌膚——從中噴出的耀眼火焰將攝氏幾千度的熔岩彈開了。

「——當即現身，『始祖之琥珀（Primus Succinum）』。」

「唔──『神羊之金剛』！」

面對彷彿為了回敬而射出的漆黑熔岩，古城打算藉金剛石結晶承受。

而古城的肩膀就這樣噴出了鮮血。來自意外方向的斬擊將無數金剛石結晶連同古城的身軀一起劈開。

愕然轉頭的古城看見了「吸血王」的另一名部下。戴著近似野牛的魔獸面具，手持藍色彎刀的末日教團使徒。

「另一把『炎喰蛇』嗎……！」

古城踉蹌跪地。

第四真祖與「吸血王」各自所用的眷獸力量呈現均勢，可是「吸血王」還有兩名強大的使徒陪同，在戰力上是幾無勝算的絕望性差距。

然而「吸血王」當著被逼到絕路的古城面前忽然停下了攻擊。

他還以溫和的語氣問道：

「眷獸──既為吸血鬼的力量來源，本身更代表著吸血鬼的戰鬥力。你曉得它們的真面目是什麼嗎，曉古城？」

「你說……眷獸的……真面目？」

少年唐突的問題讓古城吃了一驚。

至今古城已經反覆召喚過好幾次眷獸，卻不曉得它們的真面目。

它們是如何誕生，又是從何而來？為什麼只有吸血鬼才能使役它們？——古城生活在「魔族特區」，卻一次也沒有耳聞這些問題的答案。

連自己所用的那些眷獸，古城都一無所知。

「吸血鬼畜養在自身血液中的猛獸，來自異界的召喚獸——如此說明並沒有錯，但也不是完整的事實。」

面對疑惑的古城，少年溫柔地繼續說下去：

「眷獸是怨念，是憎惡，是詛咒。藉由咎神該隱的『聖殲』，昔時被玷汙的眾神化成了魔族的面貌——其靈魂以憤怒與絕望孕育出來的詛咒之獸，那便是吸血鬼的眷獸。」

「你說眷獸……是眾神的詛咒……」

恐懼從古城發毛的背脊竄過。

為何只有吸血鬼真祖能召喚格外強大的眷獸？

為何吸血鬼的世代越是累積，能召喚的眷獸力量就越加衰退？

假如眷獸的真面目是「詛咒」，這些疑問都能得到說明。所謂真祖，就是被詛咒得最為深遠的吸血鬼，他們的子孫只是繼承了那份詛咒。

「『遺忘戰王』、『滅絕之瞳(Forgazer)』、『混沌皇女(Chaos Bride)』——這三位真祖是受詛的眾神血脈傳下

的第一代，也是最後一代。走向滅亡的『天部』一族藉由詛咒，賦予他們最強的眷獸。」

「『天部』……古代的眾神嗎……」

古城低聲咕噥。

以往統治這個世界的遠古眾神被咎神該隱以禁咒「聖殲」之力變成了魔族的面貌，然後從理應有權支配人類淪落至被人類狩獵的立場。

早已連真偽都無法辨明的古老神話。不過是傳說罷了。

然而，假如「吸血王」所言屬實，就表示被「聖殲」趕離神祇寶座的「天部」下了詛咒，才會讓身為魔族之王的三名真祖誕生。

「不過，憑眾神的那道詛咒，還是沒能打倒咎神該隱。」

少年同情眾神似的露出一絲微笑，搖了搖頭。

「所以，少數存活下來的『天部』決定創造人工吸血鬼，創造世界最強的第四真祖。」

「難道說……」

「沒錯。想創造新的真祖，就必須有新的眷獸。要有全新的大量詛咒才配得上世界最強之名……」

「那些人獻祭了？拿自己當祭品嗎！」

金髮少年默默點頭，古城見狀則是無言以對。

古代的眾神——「天部」滅亡了。為了孕育新的真祖，他們自願獻祭。

藉這種方式孕育出來的世界最強吸血鬼，正是第四真祖。只為弒殺咎神該隱而創造出的弒神兵器。

「第四真祖非得是世界最強的吸血鬼。你有義務證明這一點！這也是為了只求創造出『世界最強』就自願成為詛咒一部分的那些人！」

「你會挑起領主選鬥，就是為了這個嗎……！」

古城心裡湧上了幾乎要讓人氣昏的強烈憤怒。

證明第四真祖是世界最強吸血鬼——這便是「吸血王」的目的。他行動至今只為此事。

將古城關在恩萊島，讓他一再體驗同伴死去。

挑起領主選鬥，要求古城報出自己的名號。

這一切全是為了實行於遠古滅亡的眾神所留下的詛咒，他就是如此主張的。

「我們並不是你的敵人。將第四真祖奉為全世界的領主——我們末日教團就是為此而存在的。」

「你說……全世界的領主？只是在絃神島上引發騷動，怎麼可能辦到那種事！」

你在開玩笑嗎——古城粗魯地撂下話。

「不，有可能。」

少年愉快地瞇起眼睛。

「難道你忘了？紘神島是『聖殲』的祭壇，同時也是咎神最大的遺產。若是能合法將紘神島弄到手，所有真祖便不得不採取行動。」

「將紘神島……合法弄到手？領主選鬥就是為了這個？」

面對毅然斷言的「吸血王」，古城無意識地受到震懾。

照道理來說，獨占所有領地的領主人選將擁有發動「聖殲」的魔具，亦即紘神島。

然而光是將紘神島弄到手，並無法行使「聖殲」。基本上，現在的領主人選絕大多數都不曉得「聖殲」的真面目才對。

即使古城如此告訴自己，內心的不安仍然沒有消失，無法抹拭自己遺漏了某項重要因素的負面預感。

「我真正的名字是『無（凱儂）』——排在『零號』的『焰光夜伯』。」

少年緩緩睜開閉著的眼皮。

燃燒般輝亮的藍眼映照出古城。

那是不折不扣與「十二號（奧蘿菈）」相同的眼睛，由「天部」孕育出的人工吸血鬼之眼。

「我是第四真祖的試造品（Prototype），也是第四真祖（你）的影子，更是眾神詛咒的代行者。我會用我剩的所有力量，當眾將你拱為世界之王。」

「在那之前我就會把你揍飛，讓領主選鬥結束！」

古城壓抑強烈動搖的內心並且大吼。

既然對方跟奧蘿菈是同類（同伴），那更要阻止他行凶才行。這是古城從她（奧蘿菈）身上繼承力量之後的使命。

「沒用的。」

少年——凱儂從全身釋出了漆黑之霧。帶有巨量魔力的這片霧化成巨大幻獸的姿態。展開透明翅膀的冰之人魚，或可稱為妖鳥（Seirēn）——

「相較於仍不完整的你，我還比較強——當即現身，『始祖之蒼冰（Primus Glacies）』——」

「這頭眷獸是——！」

漆黑妖鳥吐出的龐大寒氣朝古城來襲。增設人工島周圍的海面還有大氣，一切都在轉瞬間結凍並停止活動。

那股寒氣，古城沒辦法抵消。

冰之妖鳥的真面目是為第四真祖試造的十二號眷獸——

其招式跟古城至今仍未到手的最後一頭眷獸相同。

「可……惡……」

古城感覺到自己的意識正逐漸泛白。

吸血鬼真祖是不死之身，但完全結凍就會停止活動。「吸血王」應該是打算凍住古城，再趁機推動領主選鬥。

然而，即使明白這一點，古城此刻也無能為力。

視野與手腳的感覺皆已喪失，連意識都逐漸遠離。

但是，剩餘的一絲絲知覺好像捕捉到了令人想念的聲音。

還有耀眼的靈氣光芒——

「狻猊之神子暨高神劍巫於此祀求——」

「！」

凱儂板起了原本優雅的臉。

手持銀槍的嬌小少女闖進古城的視野。

「破魔的曙光、雪霞的神狼，速以鋼之神威助我伐滅惡神百鬼！」

少女令長槍發出青白色閃光，斬除妖鳥的寒氣。

全身取回自由的古城一陣猛咳。

「姬柊！」

「你沒事吧，學長？」

雪菜保持探出銀槍的姿勢，並安心地轉頭微笑。

她看了古城染血的肩膀，便悄悄地瞇起眼睛說：

「真是的，只要我視線離開一下，你就會弄得全身傷……學長，你到底在想什麼啊！」

「咦！沒有啦，現在不是談這些的時候……」

「請你們之後再吵！」

在香菅谷雫梨苦勸的同時，傳出了金屬相互撞擊的尖銳聲音。

原本準備從古城背後貫穿他的藍色彎刀被雫梨用深紅長劍擊落。

「卡思子！怎麼連妳都……？」

「我當然是來救你的！受不了，就會讓人操心！」

雫梨靠著鬼族才有的力氣將用刀的使徒掄飛。

不過，使徒在半空重整姿勢後，便若無其事地著地。

「妳們小心，『吸血王』會使用跟第四真祖相同的眷獸，還有那個看起來就很熱的傢伙居然在熔岩中也沒事。」

古城瞪著「吸血王」身邊的使徒如此警告。

即使少年（凱儂）的真面目已然釐清，隨侍的使徒依舊底細不明。儘管有雪菜和雫梨過來助陣，人數上是達成均勢了，離可以樂觀看待的狀況卻還差得遠。

「我明白……這股氣息，並不是尋常人物。」

雪菜毫不鬆懈地瞪著男子點頭。

「那把藍色的刀……」

雫梨也朝著另一名使徒舉劍備戰。

剎那間，古城聽見了聲音。低沉模糊的笑聲。好似從地底響起，而且充滿怨念的聲音。

笑聲來自用刀的使徒。從猛牛頭骨的面具底下傳來滿懷憤怒的女性嗓音。

「可讓我找到了……『炎喰蛇』！」

「啥？」

忽然被人怒目相視，雫梨有一絲動搖。

用刀的使徒隨即霍霍砍來。力道驚人的一刀。換作古城來接招，肯定已經無法招架地被砍成兩半了。

「妳、妳是什麼人！」

雫梨勉強擋下了使徒的攻擊。深紅長劍的優美弧刃(Serration)與藍色彎刀撞出火花。

「閉嘴，叛徒的後裔。」

「妳在說誰背叛了誰啦——！」

使徒毫無停歇地出刀襲向雫梨，雫梨則是不停防禦。

於是當雫梨以為已經完全擋下攻勢的瞬間，彎刀的藍色刀刃放出了閃光。

雫梨驚愕地皺起臉。因為那跟她的「炎喰蛇」一樣，可以將累積的魔力順著鋒刃發射出去，一擊就足以致命。

「卡思子！」

古城呼喚雫梨的聲音被規模驚人的爆炸蓋過。足以將增設人工島殘骸挖開數十公尺的凶猛攻擊。

但雫梨撐過了那一擊。她立刻從「炎喰蛇」釋出魔力，擋住藍色刀刃的攻擊。雖然她的制服變得破破爛爛，本身倒幾乎沒有受傷，託鬼族的頑強之福。

「學長！」

雪菜粗魯地推開原本正要鬆口氣的古城。

灼熱的火焰從古城等人前一刻所站之處橫掃而過。保護少年的另一名使徒隔著面具，噴出了熊熊火焰。

「這種火，是怎麼來的……？」

「請學長小心。對方用的這種攻擊並不是魔法！」

雪菜朝困惑的古城大喊。

火焰並非來自魔法，就表示用雪菜的「雪霞狼」也無法令其失效。古城之所以沒有在火焰發射前察覺到跡象，恐怕也是因為這個緣故。

使徒被自己使出的火焰所燒，原先戴著的面具便熔毀了。

這似乎成了導火線，使徒的面貌逐漸改變。

原屬人型的肉體變成了近似蜥蜴的匍匐姿態，本就高大的肉體膨脹了十幾倍，長相也跟著轉變成異形。

赤銅色鱗片覆滿全身，背後張開了巨大的翅膀。如蛇般的長長尾巴，還有銳利獠牙；鬃毛及額頭上突出的長角。

「那該不會是……！」

雪菜看使徒改換樣貌，發出了驚呼。

古城等人都認得會如此進行變身的種族。

具有高度知性與魔力，有別於吸血鬼，在另一方面君臨魔族頂點的存在──

「龍族（Dragon）嗎！」

完全化為龍的使徒再度噴火。

古城抱起雪菜縱身躍起。憑常人的速度不可能完全閃過廣範圍散播的龍息（Breath）。

在那片火焰險些觸及的地方，雫梨她們仍持續交戰。

然而，兩人呈現平分秋色的刀鋒對決也突然有變化降臨。

原本被對方怒火逼得只能一味防守的雫梨像是氣不過地突然轉守為攻。

「妳夠了──！」

沉沉的碰撞聲在雫梨和使徒之間響起。雫梨判斷以劍交手擺不平，就用自己的額頭撞向對方臉上。

「唔……」

使徒捂著臉退後。

外表非常端莊的雫梨居然會用上頭槌這種野蠻手段攻擊，應該是對方難以料到的。由於硬生生接了一記頭槌，她受的傷害似乎比預想的大。

「痛痛痛……！」

另一邊的雫梨也捂著額頭，眼角還盈上淚水。

這樣的雫梨忽然睜大了眼睛。她發現使徒從破掉的面具底下露出了面容。

「妳、妳是……！」

雫梨緊接著想說出的話並沒有實際發出聲音，因為用刀的使徒失去面具，逃也似的退到了「吸血王」身旁。

彷彿要攔截追擊的雫梨，龍族之焰來襲。

雫梨釋出「炎喰蛇」的魔力對付火焰，一邊退後。設法穩住陣腳以後，她著地於古城的旁邊。

巧的是，古城他們三人正好與「吸血王」陣營形成正面對峙的形勢。

不過少年卻與準備動手的古城互為對比，臉上並沒有戰意。

看似有些意外的他正仰望著絃神島的天空，滿天夜空全無雲朵。

「空間的扭曲……消失了？」

雪菜訝異地眨了眨眼。

籠罩絃神島上空的虹色震波已然消失。當然，這代表末日教團發動的攻擊也停歇了。

這對「吸血王」來說應該也是意料之外的事態。他的嘴邊浮現了近似苦笑的死心表情。

「靠梅麗洛艾果然壓不住她嗎？不愧是『空隙魔女』。」

少年用嘆息般的語氣嘀咕了一句。

「不過，看來是趕上了。我們撤退。」

「——遵命。」

龍讓少年站到前腳上頭；用刀的使徒則搭上龍背，並且瞪向雫梨。

「卡思緹艾拉之女……下次我就會取妳性命，將屬於我們的劍要回來。」

「妳、妳自顧自地在講什麼——」

雫梨喊出的聲音被龍展翅阻絕了。以自身火焰為推進力，龍的巨大身軀在轉眼之間就飛上高空。

「別想走！」

古城將右手舉向遠去的龍。他打算用眷獸把龍擊落，但──

「學長，不可以！」

雪菜及時攔住了古城。她並不是怕「吸血王」反擊，而是察覺到有新的眷獸彷彿趁古城不備，現出了動靜。

點綴夜空的繁星在不知不覺中消失，巨大的烏雲取而代之蓋住了天空。內含耀眼雷光的積雨雲，那正是新眷獸的真面目。

從雷雲放出的無數雷光將浮在海面的人工島碎塊悉數擊穿。

那是威嚇射擊。

雷之眷獸的宿主在不言中命令古城等人離去。證據就是只有古城他們所站的島塊毫無受損地獨獨浮在海面上。

「這頭眷獸……！」

古城茫然仰望天空並搖頭。

籠罩夜空的巨大雷雲。古城曉得那頭眷獸的真面目。

可匹敵天災的過人力量。那是吸血鬼真祖的眷獸。

「妳為什麼會……嘉妲！」

通往人工島南區的聯絡橋。

在那被破壞的橋台上站著擁有翡翠色眼睛的貌美女子。

第三真祖「混沌皇女」望向驚慌的古城，蠻橫地微笑著——

終章 Outro

灰色的輸送機編隊正朝絃神島降落。

江口結瞳仰望那有如不祥夜鴉的機影，咬住嘴唇。

「妳說有軍用輸送機？是哪個國家？」

天奏學館樓頂的作戰總部。矢瀨爬上有腳戰車背上並且問道。

身穿駕駛服的麗迪安急忙操作艙內的面板，命令ＡＩ比對取得的資訊。

「國籍識別信號……竟為『破滅王朝』！機影六！ＶＣ－17『墳場』，乃第二真祖『滅絕之瞳』——艾索德古爾．亞吉茲王的專機是也！」

「……終於來啦，長年不出的死人妖，等你好久了。」

躺在成排鋼管椅上的齊伊．朱蘭巴拉達聽見麗迪安的聲音，便一躍起身。他的眼睛炯炯亮起，直瞪著頭上的輸送機，反應活像小學男生等不及要跟懷念的玩伴再會。

「陛下……這是怎麼回事？滅絕之王為何會到這座島上……？」

亞拉道爾瞪向身為主君的齊伊，一臉正經地開口逼問。

你連這都不懂？齊伊帶著好似如此質疑的傻眼臉色回望亞拉道爾說：

「還用問啊，來攪局的啦。他也會參加絃神島的領主選鬥。」

「怎麼會……對方當真要這麼做……？」

「裴瑞修，叫你的帝國騎士團下來。反正人都帶到了吧？」

體認到事態重大的亞拉道爾一陣哆嗦，齊伊便用悠哉的口氣告訴他。

亞拉道爾率領的帝國騎士團是由「戰王領域」帝國議會直轄的精銳部隊，在正規軍中尤以精挑細選的強大魔族所組成，配給了最頂級的裝備。只要他們有意，別說拿下紘神島，甚至還可發揮出讓日本本土毀滅的戰力。

就算對上「破滅王朝」的主力部隊，他們應該也能戰得不相上下。

然而，連這樣的帝國騎士團都不是「戰王領域」的最強部隊。

「敢問陛下的護衛騎士團——戰王軍有何安排？」

亞拉道爾反問齊伊。

第一真祖所率的戰王軍是只以齊伊個人聚集到的部下組成的私設部隊。

不只吸血鬼，獸人、魔女以及人類——還有底細不明的眾多魔族都隸屬其中，規模與活動內容皆不明。可以曉得的只有一點，那就是他們才是「戰王領域」最可怕的部隊。他們是第一真祖的力量象徵——「遺忘戰王」的壓箱王牌。

擁有那支最強部隊的齊伊自信地對亞拉道爾的疑問投以微笑。接著他彈響手指，看起來並不是在對誰打暗號。

「你問的那些人啊，『早就到了』。」

「……什……！」

在齊伊話說完以前，亞拉道爾背後已經出現幾道人影。

連空間移轉的跡象都感覺不到。

彷彿夜色直接化成了人形，出現得如此突然。

不只天奏學館的樓頂，大型商業設施泰迪絲商場及山邊的高級住宅區——從人工島西區的各個地方都有同樣的人影出現。

第一真祖已將人工島西區納入支配——那一幕好似如此宣言。

「看來濃妝老太婆的手下也到了。」

齊伊無視呆站著連話都說不出的亞拉道爾，把視線轉到海邊。

人工島南區上空被謎樣烏雲籠罩，海岸則有漆成黑色的艦艇出現。裝甲潛水空母成群上浮。那是第三真祖領「混沌境域」的潛水艦隊。

「——就是這麼回事，小領主。」

齊伊走到動搖的結瞳跟前，像在配合她的視線高度一樣單膝跪下。

接著他恭敬地伸出右手，宛如邀城裡姑娘共舞的王子——

「『戰王領域』的領主齊伊·朱蘭巴拉達，在此向妳提議結盟。」

「結……盟……？」

結瞳睜大眼睛看了齊伊。

齊伊牽起她小小的手，別無邪念地閉起一邊眼睛。

「先由我們拿下人工島西區，保障市民的安全。無論是末日教團或其他真祖，都休想對民眾出手。怎麼樣，妳願意嗎？」

†

時速八百公里的暴風從窗外呼嘯而過。

煌坂紗矢華坐在輸送機貨艙，眼睛瞪著軍用通訊機的小小螢幕。

『——這是潛伏中的探員提供的現階段絃神島勢力圖。』

顯示在螢幕上的是銀髮碧眼的美麗少女——阿爾迪基亞王國公主拉·芙莉亞·立赫班。

她秀出的絃神島地圖大略分成四塊。

『人工島東區歸「破滅王朝」，西區歸「戰王領域」，南區則是由「混沌境域」的兵力拿下。目前各方勢力正在驅逐末日教團的使徒，據說並無市民受害的消息。只不過基石之門那方面，依然是被末日教團所占據——』

紗矢華一邊聽拉．芙莉亞說明一邊感到頭昏。

所有存在於這世界的夜之帝國領主——吸血鬼真祖全都聚集到那座小小的人工島了。在短短幾小時前，無人能料到會有這樣的緊急事態。規模更勝真祖大戰的全球戰爭，不管什麼時候發生都不奇怪——面對如此異常的局面，紗矢華來不及理解。

「曉古城平安嗎？」

即使如此，紗矢華仍故作平靜地問。

拉．芙莉亞隔著螢幕微微搖頭。

『第四真祖的所在處不明。不過，於日落前夕，有報告指出在人工島北區的地下曾爆發過真祖級眷獸的衝突。』

「人工島北區……這樣啊。」

紗矢華將嘴唇緊緊抿成一線。既然其他三名真祖分別拿下了東西南的人工島，身為第四真祖的古城大有可能在人工島北區。雪菜恐怕也在那裡才對。

『在如此有趣……如此重大的時刻，很抱歉我只能幫上這點忙，紗矢華。阿爾迪基亞的騎士團員不具領主選鬥的參加資格，我便不能派他們到絃神島。』

拉．芙莉亞看似由衷遺憾地垂下目光。

從紗矢華的立場來看，那倒是為數不多的好消息。絃神島的處境本就一片混亂，要是連這位黑心公主都參戰，事態明顯會無法收拾。

即使如此，紗矢華在表面上還是擺出安分的態度搖頭說：

「不，能送我到絃神島就足夠了。因為阻止魔導恐攻於絃神島發生是我們獅子王機關的工作──」

紗矢華說完便低頭看了自己的服裝。

讓人聯想到太空人的加壓服與氧氣面罩，還有格外大的背包。那是紗矢華坐進輸送機貨艙之際，拉．芙莉亞派部下逼她穿上的。

「那個，公主，話說……請問這套裝備是做什麼用的？為什麼要穿加壓服？還有這個背包裡到底裝了什麼……？」

『那是ＨＡＬＯ用的裝備。』

「ＨＡ……ＨＡＬＯ？」

陌生的單字讓紗矢華偏過頭。

拉．芙莉亞則是和氣地微笑說：

『高空投下低空開傘。為了潛入敵方紛爭地帶而研發的跳傘方式。輸送機的艙口會在絃神島上空一萬公尺處開啟，因此請妳直接以自由落體的形式墜至高度三百公尺以下。』

「啥……跳、跳傘？」

紗矢華詫異地看向背後的行李。由於造型頗為洗鍊，她就沒有發覺，但聽拉．芙莉亞一說，那也不會是降落傘以外的東西。

「從、從高度一萬公尺用自由落體的形式，意思是要我跳機嗎！」

『因為絃神島的機場設施被「破滅王朝」拿下了，飛機無法降落。』

拉．芙莉亞用從容的語氣說道，不過她那雙碧眼使壞似的瞇細了。

紗矢華冷汗直流。獅子王機關的舞威媛是詛咒及暗殺專家，但跳傘並非專業。

「請、請、請等一下。我並不是怕高，可是高度一萬公尺實在有點……」

「不要緊。在空中的姿勢協調與降落傘開闔，都有機械自行操作。」

「公主？妳安排這些，絕對是樂在其中對不對，公主！」

「哎呀，跳傘地點似乎就快到了。那麼，紗矢華，祝妳馬到成功──」

螢幕中的拉．芙莉亞望著表情緊繃的紗矢華，優雅地揮了揮手。

「隆」的一聲沉沉響起，輸送機的後方艙門逐漸開啟。高空一萬公尺的寒風吹進機內，紗矢華的苗條身軀逐漸被捲離。

眼底可見的是整片漆黑，僅有夜裡的太平洋海面。

「等、等一下！我還沒有做好心理準備……！不、不要啦啊啊啊啊啊啊！救救我，雪菜！雪菜──！」

紗矢華就像被推落似的從完全開啟的艙口墜出。

她那最後一聲慘叫並未傳達出去，就被夜空吸入而逐漸消失。

†

斐川志緒突然回過頭仰望夜空。

離絃神島十八公里遠的扇形增設人工小島——蔚藍樂土的海岸。

由於這座人工島純屬度假設施，便不包含在領主選鬥的目標區域之內，更免於遭受末日教團使徒的襲擊。雖然來往船隻停擺，使得部分觀光客正愁無法回家，但除此以外大致都算穩定。

而志緒就站在增設人工島的沙灘，納悶地歪著頭。於是——

「志緒？怎麼了嗎？」

羽波唯里站在一旁，納悶似的探頭望向志緒的臉龐問道。

沒事——志緒淡然搖頭說：

「我多心了。我好像有聽見煌坂的尖叫聲就是了。」

「哦～～」

唯里欲言又止地微微賊笑。平時紗矢華都被當成眼中釘，看到志緒關心她，唯里大概覺得很有意思。

「我可不是在替她擔心。」

為了避免誤解，志緒做出聲明。唯里卻越顯愉快地笑著說：

「不要緊啦，我會幫妳對煌坂同學保密。」

「就說我不是在擔心她啦！」

「嗯……要擔心的，應該是古城同學和雪菜(小雪)啊。」

唯里忽然收斂表情。她緊緊握住捧在胸前的長劍劍鞘。

志緒也凝重地點頭。

即使與絃神島有距離，領主選鬥的狀況仍透過各種媒體轉播過來。尤其緣堂緣派了自己的使役魔到島上，情報更是快又準確。

於獅子王機關位居「三聖」的閑古詠負傷，還有曉古城與「吸血鬼」對決後就斷了消息一事，她們都明白。當然，對於絃神島的現狀也是。

「沒想到所有真祖都到了絃神島。」

「這樣獅子王機關實在是插不了手呢……」

唯里用失望的嘆息對志緒苦悶的嘀咕做了回應。

由末日教團主導的領主選鬥，連三名真祖都參戰了，結果日本政府就完全錯失了介入事態的時機。獅子王機關無法派遣新的攻魔師，太史局及其他部署的國家攻魔官應該也一樣。

除了常駐監視第四真祖的雪菜，獅子王機關派赴絃神島的攻魔師就只有志緒和唯里。志緒她們是為了跟待在魔獸庭園的葛蓮妲見面，才會利用連假來蔚藍樂土玩。

志緒她們本來就沒排班，因此裝備有些靠不住，要對付末日教團及吸血鬼真祖也缺乏足夠的信心。但是，既然沒有其他攻魔師能採取行動，她們就沒有不去救古城和雪菜的選擇。

何況想幫古城他們的並不只有志緒和唯里。

「葛蓮妲，如何？可以出發了嗎？」

唯里朝在淺灘跟海浪玩耍的鐵灰色頭髮少女問道。

「妲！」

葛蓮妲抬起臉，用強而有力的語氣表示肯定。

讓唯里和志緒決意前往絃神島的理由之一，就是葛蓮妲。身為龍族的她可以載著志緒和唯里飛到絃神島本島。

龍不必使用魔力，又能無聲無息地滑翔，恐怕就可以鑽過末日教團及真祖們的監視，直接入侵絃神島。

真心來說，志緒她們當然也不希望拖葛蓮妲參與這種危險的行動。

但她們還是帶了葛蓮妲同行，因為葛蓮妲自己便希望如此——

而且，同行的還有另一個人。

志緒和唯里來這裡以後首次見面的人物。

不過那個少女的名字從很久以前就已為人所知——

曉古城想贏過「吸血王」，據說會需要她的力量。

那個少女正躲在葛蓮妲背後，大驚小怪地望著海浪打上岸。嬌小身軀披了白色男用連帽衣，還將兜帽戴得很深藏起臉孔。

剪短的頭髮從帽緣冒出來。依觀察的角度，色澤會像虹彩一樣逐漸轉變的淡色素金髮。

「準備好了嗎？我們要讓葛蓮妲載著我們飛，所以會有點搖晃，要忍耐喔。」

唯里朝那個少女搭話。

少女緊張地抬起臉，然後看了唯里。

大大的藍眼睛看似害怕地幽幽盪漾著。即使如此，她還是生硬地點點頭，彷彿鼓起了勇氣才用清澈的嗓音告訴唯里：

「准、准奏——」

後記

這陣子各地不斷有大規模災害發生，災情十分嚴重，我謹在此向受災的各位致上慰問之意。其實這篇後記的原稿也是在強烈颱風過境時一邊對停電提心吊膽一邊執筆的。家裡晃個不停，有夠恐怖。

實際上的問題在於，面臨攸關生命的緊急時刻，作家幾乎是無能為力的，但如果能寫出讓人在肉體與精神都感到艱困時可以暫時從現實獲得解脫，或鼓起勇氣對抗逆境的作品就太好了。

願各位都能平安順心。

就這樣，《噬血狂襲》第十九集已向各位奉上。

久違的系列正篇（非外傳）。這次的篇章，我本來就曉得會寫成登場角色眾多的大場面故事，因此早早就放棄用一集的篇幅來收尾（果然不行）。即使如此，頁數還是不夠，多希望能用更和緩的步調來描寫各角色在失散期間的行動。其實光是結瞳和雫梨在古城等人回國前的活躍，就可以寫滿一集文庫本——我有稍微動過這種念頭，但是這樣編排的話，故事似乎永遠也寫不完，只好含淚放棄。因此，若各位閱讀時能將這部分在腦中適當地補完，就太令人感激了。

由於篇章尚未完結，在後記就不太能談及故事內容，但我希望能盡早獻上後續情節，還請繼續賜教。

此外，先前OVA版的《噬血狂襲》發表要製作第三套作品了，劇情預定由文庫第十三集的〈深淵薔薇〉演起。

動畫能持續這麼久，都是靠一直以來製作出良好作品的工作人員及配音班底，更重要的是託各位粉絲支持之福。雖然這都是老詞，真的萬分感謝大家。

我也有幸到腳本會議打擾，不過熟悉《噬血狂襲》的工作人員都再次集結了，會議便得以在互知心思的穩定氣氛中進行。我想完成的作品肯定能讓各位滿意，令人期待！

還有雜誌《電擊文庫MAGAZINE》正在連載あかりりゅりゅ老師的《噬血狂襲這裡是彩海學園國中部》。這是以國中部三人組雪菜、凪沙、夏音為主角的日常四格漫畫，從溫馨可愛的筆觸可以感受到些許毒素及療癒感的歡樂作品，請各位也務必看看！

負責本作插畫的マニャ子老師，這次也備受您照顧了。這集的封面插畫帥得讓我在看到草圖時起了雞皮疙瘩。

我更要由衷感謝所有參與製作／發行本書的相關人士。

當然，對於讀完本書的各位讀者，我也要致上最高的感謝。

但願我們還能在下一集相見。

三雲岳斗

國家圖書館出版品預行編目(CIP)資料

噬血狂襲 19 無盡夜宴 / 三雲岳斗作 ; 鄭人彥譯 -- 初版. -- 臺北市 : 臺灣角川, 2020.01 面 ; 公分 譯自 : ストライク・ザ・ブラッド (19) 終わらない夜の宴 ISBN 978-957-743-509-5(平裝) 861.57　　　　108019519

Kadokawa Fantastic Novels

噬血狂襲 19
無盡夜宴

（原著名：ストライク・ザ・ブラッド 19 終わらない夜の宴）

2020年1月20日　初版第1刷發行

作　者：三雲岳斗
插　畫：マニャ子
日版設計：渡邊宏一
譯　者：鄭人彥

發行人：岩崎剛人
總經理：楊淑媄
資深總監：許嘉鴻
總編輯：蔡佩芬
編　輯：孫千棻
美術設計：黃永漢
印　務：李明修（主任）、張加恩（主任）、張凱棋

發行所：台灣角川股份有限公司
地　址：105台北市光復北路11巷44號5樓
電　話：（02）2747-2433
傳　真：（02）2747-2558
網　址：http://www.kadokawa.com.tw
劃撥帳戶：台灣角川股份有限公司
劃撥帳號：19487412
法律顧問：有澤法律事務所
製　版：巨茂科技印刷有限公司
ISBN：978-957-743-509-5
